進化の実
13
知らないうちに
勝ち組人生
美紅
Miku
U35
Umiko
illustrator
モンスター文庫

「――アナタ！」
エレミナ・キサ・ウィンブルグ
王妃

「エレミナ……！」
ランゼルフ・フォード・ウィンブルグ
国王

大和ムウ
元女王

「嫌じゃ！　二人と離れとうない！
余は二人と……ずっと一緒に
いたいんじゃああああああ！」
「む、ムウ様!?　こ、心が……！」

Contents

進化の実
～知らないうちに勝ち組人生～⑬

美紅

MONSTER
bunko

闇に潜む者たち

暗い闇《やみ》の中、《遍在《へんざい》》のユティスは思案しながら歩いていた。

「失った戦力の補充は着々と進んでいる……だが、『神徒』クラスの戦力となると、そう簡単には手に入らない。いくつか目ぼしい者には『種』を植えておいたが、さて……」

「────む？　ユティスではないか」

「貴方は……」

不意に声をかけられたユティスが顔を上げると、そこには漆黒のローブで身を包み、闇へと溶け込んでいる一人の男が立っていた。

普通であれば、見るからに怪しい男だったが、ユティスはその男の正体を知っていた。

「《鏡変《きょうへん》》殿」

「止めてくれ。同じ神徒ではないか。そう畏まられては困る」

「そうですか……では、ゲンペルさん。お久しぶりですね。というより、戻って来られたんですね？」

「ああ。どうも、教団の戦力が著しく低下していると聞いてな」

「……はい、その通りです」

　ユティスは男——ゲンペルの言葉に苦々しい表情を浮かべた。

「《絶死《ぜつし》》のデストラを始め、つい最近では《共鳴《きょうめい》》のヴィトールも姿を消しました」

「何？　ヴィトールはともかく、デストラはいつものようにふらりとどこかへ出かけているだけではないのか？」

「いえ……完全にその力の波動が消えているのです。いつもなら、彼らがどこにいようと私はその下へ移動できるのですが……」

「その力が発動しなかった、と」

「……はい」

　屈辱的だと言わんばかりに顔を歪めるユティス。

　そんなユティスを見つめるゲンペルは、首をかしげる。

「だとしたら、何故姿を消したのだ？　あやつらとて、魔神様に逆らうような愚かな真似はせんだろう。……いや、デストラは分からんが、少なくともヴィトールは魔神様に忠実な僕だ。そしてデストラがヴィトールを消すというのも考えにくい。ヤツとヴィトールの力の相性は悪いからな」

「ええ。とはいえ、デストラであればヴィトールの能力も殺したうえで本人を殺すことも可能でしょうが、いきなり裏切るにしても理由がありません。考えられるのは……誰かにやられた、ということ」

「バカな」

ユティスの推測を聞いたゲンペルは、鼻で笑った。

「それこそあり得ぬだろう。奴らを我ら神徒以外の誰が殺せるのだ？　そんなことが可能なのは魔神様くらいなものだ。他の神々であれば、デストラが返り討ちにできるくらいだぞ。まあその神々も今となっては『虚無』に引きこもり、世界を回しているだけだがな」

「そのあり得ないことが起きているのですよ」

まっすぐにゲンペルを見つめるユティス。

その真剣な表情に、ゲンペルも冗談ではないことに気付き、険しい表情を浮かべる。

「……誰がそんなことを？」

「それが分からないのです」

「分からない？」

「ええ。神徒以外にも、数々の使徒が倒されています。中でもバーバドル魔法学園に捕らえられていたデミオロスを始めとする使徒たちは、魔神様の御力を失っていたのです」

「何⁉　それは真か⁉」

「ええ。すぐに私もその原因を突き止めようと能力を発動させたのですが……彼らの記憶を辿《たど》ることができなかったのです。彼らが魔神様の御力を失う前までは辿れても、その次にはもう失った状態の記憶しか見ることができなかったのですよ。直接その時間まで能力を用いて移動しようとも思ったのですが、それもかなわず……」

「主の力で辿れぬとなると……厄介《やっかい》だな」

ユティスの話を聞けば聞くほど現状がかなり危険な状態にあることが分かる。

「この話を魔神様には？」

「……お伝えしている。しかし、魔神様は我々と違い、完全無欠。我らが恐れることも、あのお方にとっては恐れるに足りぬ些末《さまつ》事なのですよ」

「ううむ……魔神様としては気に留めるほどのことでもないが、我らはそうも言ってられぬか」

「ええ。私が直接動いてもいいのですが、魔神様から別の使命をいただいているのと、戦力の補充もしなければならないので……」

「……ふむ。では、私が行こうか」

「ゲンペルさんが？」

ユティスは思わず目を見開く。

「よろしいのですか？　私としては助かりますが、他の星で遊ばれていたのでは？」

「ああ、あそこは飽きたので滅ぼしてきた。最後は実に滑稽だったぞ。私の力で少しつついてやれば、簡単に崩壊した。それに、ここで不安となることは潰しておいた方がよいだろう。我々は魔神様とは異なり、全知全能ではないのだ。私が動くのもやぶさかではない」

「そうですか……では申し訳ありませんが、お願いしても？」

「ああ、任せておけ。その代わり、お前を借りるぞ？」

「ええ、ご自由にどうぞ」

それだけ告げると、ゲンペルは闇に溶けるように消えていく。

それを見送ったユティスは真剣な表情を浮かべた。

「……私もより動かなければなりませんね。それこそ『神徒』クラスを補充しなければ……宇宙を統《す》べる存在であれば、格として十分ですかね？」

もう存在していない宇宙の王に意識を向けるユティス。彼がそのことを知るのはもう少し先のことだった。

「……どこの誰だか知りませんが、いずれ恐怖の底に叩き落として差し上げましょう」

最後にそうこぼすと、ユティスも闇に溶けて消えるのだった。

◆◆◆

「──ぶぇっくしょい！」

守神《もりがみ》さんたちにお城を案内してもらっていた俺は、急に鼻がムズムズして、つい大きなくしゃみをしてしまう。何だ？　急に……誰か噂でもしてんのか？

　すると、サリアが顔を覗《のぞ》き込んできた。

「誠一《せいいち》、大丈夫？　風邪？」

「んー？　いや、違うと思うけど……」

「誠一が風邪ひくワケねぇだろ。全知全能が僕《しもべ》なんだし」

「あ、そっかー」

「納得しないで⁉」

　ひくから！　俺だって風邪ひくからね！　……たぶん！

　……って、あら？　この世界に来て、風邪どころか病気一つしてない気が……。

　つい驚きの事実に愕然としていると、オリガちゃんたちが城の中を見て、感嘆の声を上げている。

「……すごい。こんな形式のお城、初めて」

「は、はい！　ウィンブルグ王国とは違った雰囲気ですが、これはこれで荘厳ですね！」

「……ん。守神さんたちの雰囲気によくあってる。異国のお城って感じ」

　オリガちゃんたちの言う通り、俺たちが招かれたこのお城は、地球の日本のお城と、五重塔が合わさったような見た目をしていた。

　でも地球でも修学旅行とか以外だと、日本のお城を見に行く機会なんてなかったしなぁ。俺も新鮮な気分だ。

ただ、すごく残念なのは……。

「……でも所々にある変な板。アレおかしい」

「で、ですね……」

そう、何故か日本風のお城であるにもかかわらず、その内装はどこかSFチックというか、変に機械的な個所が多々見受けられたのだ。

「何だか青色の線が光ってるねー」

「どう見てもあのギョギョンとかって連中のせいだろ」

「そっかー。やっぱりダサいんだね！」

サリアさん、何て無邪気に残酷《ざんこく》なことを口にするんですか！

確かに日本の雰囲気と合ってなさすぎてダサいけど！

すると、俺たちを先導していた守神さんが、悲し気に口を開く。

「……サリア殿たちのおっしゃる通り、ここは元々こんな様相ではなかったでござる。あの侵略者どもによって、勝手に改造されたのでござろう」

「本当に迷惑な話だがな。私や守神殿は住めれば特に問題はないが、ムウ様をこのような場所に住まわすなど……早く元に戻るよう、尽力しよう」

そんなこんなでちぐはぐな雰囲気の城内を歩いていると、一つの部屋に案内される。

「では、誠一殿たちにはこちらでくつろいでほしいでござる。食事もすぐに用意するでござるが、もし風呂に入りたければ先にそちらでも構わぬでござるよ」

「本当ですか？　ありがとうございます」

「では、拙者たちも身支度を整えるゆえ……」

そう言うと、守神さんたちは部屋から出ていった。

「さてと……どうする？　食事の前に一応風呂に入っておくか？」

「そうだね！　綺麗《きれい》にしていた方がいいんじゃない？」

特に汚れたり疲れたりはしていないが、こうして招かれた以上、身だしなみを整えてから食事に向かった方が失礼がないだろう。

そういうわけで、俺たちは早速このお城のお風呂に向かうのだった。

守神ヤイバの秘密

「……ヤバい、迷った」

女性陣は少し準備があるのに対し、特に準備の必要もない俺は、先にお風呂に向かったはいいものの、どこにお風呂があるのか聞くのを忘れていたため、絶賛迷子中だった。

サリアたちも場所を知らないだろうし、訊《き》くならこのお城にいる誰かなんだろうけど、その誰かに会わない。

「てか、ここどこだ？」

思いのほか入り組んでいる城内に四苦八苦していると、徐々に歴史を感じさせるような空間になってくる。

「あれ？　こっちの方はギョギョンたちの手が加わってないのか」

そこは本当に日本のお城の中といった感じの造りになっており、本来はここと似た雰囲気の空間が他の場所にも広がっていたことが想像できた。

ひとまずその空間の先に向かうと、カポーンといういかにもお風呂っぽい音が聞こえてくる。

その音を頼りに進んでいくと、脱衣所らしき場所にたどり着いた。

「どうやらここっぽいなぁ」

雰囲気としては、昔ながらの旅館みたいな……派手ではないが、とてもいい感じである。

この空間は想像通りの和風な雰囲気を感じさせるので、お風呂も非常に期待できるが、もしあのダサい空間にお風呂があったんだとしたら、そこも非常にダサいお風呂になっていただろう。

……自分で言っててなんだが、ダサいお風呂って何だ？　魚型の石像のお尻《しり》からお湯が出てるとか？　どうしよう、逆に気になってきたぞ……！

ようやく待望のお風呂を見つけたというのに、妙なところでもんもんとしてしまった俺は、ひとまず目の前のお風呂に集中することで、そんな考えを忘れようと思った。

だからこそ、気付かなかったのだ。

そこに別の人の服があったことに。

そして何より、男女に分かれた暖簾《のれん》がかかっていなかったことに――――。

「…………」

「…………」

俺の前には、呆然とした表情の守神さんの姿が。

ちょうどお風呂から上がるところだったのか、守神さんは立ち上がった状態で俺を見て固まっている。

驚いて目を見開いた俺は、ふと無意識に視線が下に下がった。

そこには――――。

「――な……な、ないいいいいいいい⁉」

「せせせせ誠一殿ぉぉぉぉおおおお⁉」

慌てた様子でしゃがみ込む守神さん。

え、待って。ちょっと待って！　も、守神さんって……！

呆然としていた俺は、すぐに正気に返ると急いで守神さんに背を向けた。

「ごごごめんなさいいいいいいい⁉」

そしてここぞとばかりにぶっ飛んだ身体能力を発揮し、光速で着替えるとそのまま脱衣所から飛び出した。

とはいえ、これ以上ないほどがっつりと見てしまった俺は、頭を抱える。

「ああ……ヤバい……完全にやらかした……どうすりゃいいんだよ……」

風呂場でのラッキースケベと言えば、肝心な部分は髪だったり湯気だったりで隠れるのが普通だろう。

しかし、俺の目には何も遮《さえぎ》るものはなく、実にハッキリと見えてしまったのだ……！

『それはもちろん、湯気が誠一様に配慮したからですね！』

「どんな配慮⁉　てか脳内アナウンス、最近気安く登場しすぎじゃない⁉」

いきなり脳内に声が流れ込んできたかと思えば、実に困る配慮！　本当に忖度《そんたく》する方向おか

しくね⁉

ツッコミが止まらぬ俺に、脳内アナウンスは満足げな様子で答えた。

『ご安心ください。相手から見ても誠一様の姿がハッキリと見えるように配慮してますから』

「いやあああああああああああああああっ！」

どこに安心する要素があったの⁉　女性の入浴中に突撃しただけじゃなく、露出癖までプラスとか救いようがないからね⁉

どう考えてもギルド本部筆頭格の変態になっちゃうから！

『ちなみにですが、誠一様以外の他の存在には、湯気などが仕事をして見えないように配慮してますのでご安心を』

「他の存在⁉　あそこに俺と守神さん以外に誰かいたの⁉」

ヤバい、こんな社会的に死に至るような現場に他の人がいたなんて！　どう考えても言い逃れできなくないですか⁉

『ええ。実に多くの目が今もなお、誠一様のご様子を覗き見ておりますよ』

「俺のプライバシーはどこに……⁉」

そんなにたくさんの目が俺に向けられてるの⁉　ギョギョンとか以上にヤバくないか⁉

『大丈夫ですよ。誠一様の活躍が次元を超えて見ていただけているだけですから』

「お願いだから俺にも分かるように話して！」

最近次元がどうとか全知全能がどうとか、俺の理解の範疇を超えた話が多すぎてついていけてないんですよ！

「あ、あの……」

「ハッ!?」

脳内アナウンスの言葉すべてに反応していると、脱衣所から着替えて守神さんが出てきた。

その格好はいつも通りの和服で、守神さんは頬を赤く染めている。

そんな守神さんの様子に、俺は流れるように土下座をかました。

「本当にすみませんでしたああああああ！」

「せ、誠一殿!? 拙者はもう気にしていないでござるから、顔を上げるでござるよ！」

優しい守神さんはこんなダメダメな俺を助け起こし、そう言ってくれる。ろくに確認もせず入った俺がどう見ても悪いのに、この対応……罪悪感で倒れそうですね！

しかし、どれだけ謝罪の意思があろうと、ここで俺が土下座を続けても守神さんにとって迷惑なのも事実。フラフラと立ち上がりながらも、俺は何度も頭を下げた。

「すみません……本当にすみません……」

「い、いえ、拙者もちゃんと説明しなかったのが悪かったでござるから……ただ、その……ここはお客様用の浴場ではなく、使用人用でござるよ……」

「そ、そうだったんですか……」

ちゃんと確認してから入ろうね！　取り返しのつかないことになっちゃうから！

守神さんに対して申し訳ない気持ちと気恥ずかしい気持ちで、つい気まずくなっていると、ふと守神さんが小さく呟《つぶや》いた。

「……誠一殿は、何も言わないんでござるね」

「は？　言わないって……」

どういうことだろうか？　み、見てしまった感想か？　それを言ったらもう変態どもの仲間入りだから！　もう手遅れだろうけど！　気持ちの問題なの！

混乱しすぎてアホなことを考えている俺に対し、守神さんは静かに続けた。

「その……拙者は……女でござろう？」

「ま、まあ……はい」

「そんな拙者が刀を振るうなんておかしいでござるよね……」

「はい？」

「え？」

何を言いたいのか本気で分からず、首を捻っていると、守神さんは驚いた様子で俺を見てきた。

「お、おかしくないでござるか？」

「あの……すみません。よく意味が分からないんですけど、なんで女性である守神さんが刀を振るうとおかしいんですか？」

「そ、それは拙者が女だからで……」

何だろう、この絶妙にかみ合ってない感じ……！

少し整理をすると、おそらく守神さん……というか、東の国の文化的に、刀を女性が振るうのはおかしいと言いたいんだろう。

実際、昔の日本でそうだったのかは知らないが、サブカルチャー溢れる現代日本に慣れ親しんだ身としては、刀と女性の組み合わせはむしろ人気高そうだが……。

まあそんな話やこの国の文化を抜きにしても、俺にはいまいち理解できない。

「んー……まあ刀なんて誰が振っても危ないですからねぇ……身体的な特徴の違いはともかく、それ以外で女性が刀を持っちゃいけない理由は俺にはよく分からないというか……まあ誰が持とうが変わらないというか……」

『誠一様の場合、性別どころかどんな生物を相手にしたところで結果は同じですから。勝手に自滅するだけです』

「マジで意味が分からねぇよなぁ……」

戦うまでもなく相手が勝手に自滅するなんて恐怖でしかないよ。あれか？　物理的にじゃなくて、精神的に攻めてきてたりする感じ？

「ま、まあそんなわけで、俺からするとおかしな点は特にないと言いますか……」

「……フフ。確かに、そうでござるね。誠一殿を相手にしていたら、拙者の悩みがちっぽけに思えてきたでござるよ」

「は、はぁ……」

軽く答えたが、本人からしたらとても悩んでいたことだろうし、何だか申し訳なさしかないが……。

だが、守神さんは今までで初めて、心の底から笑っているように見えるのだった。

守神さんとの一件から、そのまますぐにお客さん用という露天風呂まで案内してもらい、しっかり堪能することができた。

影の里で入った露天風呂もよかったが、このお城の露天風呂もまた違った趣で非常に楽しめた。何より乱入者がいなかったことが一番大きいですけどね！　最近、裸見られる率高すぎじゃない？

それはともかく、お風呂から部屋に戻ると、そこには豪華な食事が用意されていた。

影の里の時は結局襲撃者のせいで食事をすることができなかったからな。どんな料理があるのか気になっていたが……やはり地球の和食と同じような料理が並んでいた。

「わー！　美味《おい》しそうだね！」

「ああ。サザーンで刺身は食ったことがあるから分かるが、他は見たこともねぇ料理ばかりだ」

「……ん。いい匂い」

「す、すごいですね。お魚さんを丸ごと使った料理があるなんて……」

サリアたちは目の前に並べられた料理に感動しており、それぞれが期待しながら席に着く。

ルルネも前ほどがっつく様子は見せないものの、顔がとてもだらしないことになっていた。

いや、気持ちは分かるが涎《よだれ》は垂らすなよ？

俺たちが目の前の料理に感動していると、遅れて守神さんと月影さんがやって来た。

「皆、揃っているでござるな。改めて、この度は我らの問題を解決してくださり……感謝いたしまする」

守神さんと月影さんは席に着くや否や、そのまま俺たちに向かって頭を下げた。

「そんな……頭を上げてください！　俺らとしても、無事に終わってよかったです」

「そうそう！　大和様も無事だし、こうしてこのお城も取り戻せたし、丸く収まってよかったよ！」

「……まあ城の中は滅茶苦茶だけどな」

アルの言う通り、お城自体はミスマッチな未来風に改造されてしまっているが、それ以外は元通りになったのだから、よかった。

だが、守神さんと月影さんにとってはそうではないようで、二人ともどこか寂《さび》しい表情を浮かべる。

「……拙者たちだけの力では、ムウ様をお守りすることができなかったでござる。大和《やまと》家の懐《ふところがたな》刀であるはずの拙者では……」

「それはムウ様を陰から支える拙者も同じだ。月影《つきかげ》家はムウ様を陰からお守りすることこそ使命としている。だが……拙者たちの力ではそれもかなわなかった。ムウ様に顔向けできん

「……」

「そんな……二人はずっと大和様のことを守ってたじゃないですか！」

「いや、拙者たちはムウ様のことを真の意味で支えることができなかったんでござるよ」

「え？」

守神さんの言葉の意味が分からず、つい聞き返してしまうと、守神さんは続けた。

「前にも話したでござるが、ムウ様はこの国に住む者たちから裏切られ、心を閉ざされてしまった。だからこそ、拙者たちは二度と、ムウ様を裏切ることなく支え続けなければならなかったんでござる。――だが、現実は違った。拙者たちはこの国を侵略してきた者たちに手も足も出なければ、再びムウ様を裏切る輩を出してしまったでござる……！」

「拙者たちは己の無力さが憎いのだ。もし、この国の者たちが一致団結し、あの侵略者と対抗していたら……ムウ様を、これ以上悲しませることもなかったのだ」

「……」

悲痛な表情でそう語る守神さんたちに、俺たちはかける言葉がなかった。

すると、守神さんは再び寂しそうに笑いながら、口を開いた。

「まあ、それはともかく、今日は誠一殿たちへの感謝としての他に、お別れを言いに来たでござるよ」

「え、お別れ？」

「拙者たちは、ムウ様を守り切ることができなかったと判断され、護衛の任を解かれてしまったのだ。それに、ムウ様を結果的に危険に晒《さら》した責任も追及されるだろう」

「はあ!?　なんじゃそりゃ!?」

「……意味分からない」

守神さんたちから告げられたその内容に、アルは驚きの声を上げ、オリガちゃんも困惑《こんわく》していた。

そりゃそうだろう。守神さんも月影さんも、東の国の偉い人たちが裏切る中、命がけで守り続けたんだ。それなのに……。

「いったいどこの誰です？　そんなことを言うのは……」

「侵略者が討たれたことで、再び戻って来た大名たちだな」

「はあ？」

俺はついつい感じの悪い言葉が漏れてしまったが、仕方ないだろう。

だって、その大名とかって人たちは大和様を裏切って、あのギョギョンに従ってたわけだろ？

そりゃあ自分の命が大切だから生き延びるためにそうやって相手に降ることはあるかもしれない。でも、結果として大和様も無事で、ギョギョンも倒せた途端に戻ってきて、必死に戦った二人を解任するって……。

「ちょっとそれ、文句言いに行きましょうよ！　だっておかしいでしょ!?　二人は頑張ったのに……」

「確かに思うところがないわけではない。だが、事実として誠一殿たちの力を借りなければ、拙者たちではムウ様を守り切ることができなかった。つまり、護衛としての力はないと判断されても仕方がない」

「で、でも、一時的とはいえ、相手方に寝返った人らのいうことを聞く必要はないでしょ!?　その人たちこそ、何かしらの追及がないと……！」

「……誠一殿の言う通りでござるが、この国には彼らが必要なのでござるよ。彼らが、諸大名がそれぞれの地を治めることで、今までこの国は成立してきたでござる。だからこそ、この国を立て直すには彼らの力が必要なのでござる。今回で明らかになった外からの侵略の備えも、長期的な計画などは彼ら諸大名が決める方が良い方向に進むでござろう」

「拙者たちは所詮《しょせん》ムウ様の矛にすぎん。政治的な部分では何の力もない。そして、その矛が使えないと分かれば、捨てられるのも当然の結果だろう」

「そんな……」

なんだ、その理不尽な結末は。

本当にそれでいいのかよ。

俺みたいなガキからすれば感情論でしかないのかもしれないけど、それでも守神さんたちの扱いには納得できない。

だが、守神さんたちはその決定がこれからのこの国をいい方向に進めてくれると信じているからこそ、それを受け入れているんだ。

俺たちの間に重い沈黙が訪れると、突然部屋の襖《ふすま》が開いた。

「え？」

思わずその方向に視線を向けると、そこには大和様が一人で立っていたのだ。

「む、ムウ様、何故こちらに――」

守神さんたちにも予想外だったようで、驚きながら声をかけると――大和様は静かに涙を流した。

いきなりの事態に、俺たちはさらに目を見開く。

「む、ムウ様⁉」

「どうかされましたか⁉」

守神さんと月影さんが必死に大和様に話しかけるが、心を封じてしまった大和様は、答えない。

でも、大和様はその虚ろな表情の中で、涙を流したのだ。

そして、ムウ様は必死に宥《なだ》めようとする守神さんと月影さんの袖を掴んだ。

それはまるで、大和様が二人と離れたくないと言っているように見えた。

こんな大和様の姿を見ても、二人の解任は止められないのだろうか？　やっぱりこの国の偉い人たちの決定だから？

それよりも偉い人である大和様だけど、大和様は心を閉ざした関係でしゃべることができない。

この行動も偶然の一言で片づけられてしまうんだろうか。

大和様の行動に対し、二人はこれ以上ないほど様々な感情が入り混じった表情で、大和様の手にそっと触れた。

大和様の近くにいたいけど、それでも国のため、大和様のためにと身を引こうとしているようだった。

「ムウ様。拙者たちは――――」

『――スキル【同調】が発動しました。これより、周囲と同調します』

「へ？」

突然の脳内アナウンスに、つい周囲の雰囲気も考えず気の抜けた声を発すると、大和様に異変が訪れた。

「――や」

「え……」

「……やじゃ……いやじゃ……嫌じゃあああああ！」

「⁉」

先ほどまで無表情だった大和様が、感情を爆発させ、本当に泣き始めたのだ！

「嫌じゃ！　二人と離れとぅない！　余は二人と……ずっと一緒にいたいんじゃああああああ！」

「む、ムウ様⁉　こ、心が……！」

「どうして⁉」

封じられたはずの心の発露に、守神さんたちは混乱が収まらない。

だが、サリアたちだけは無言で俺のことを見つめていた。

え、えっと……。

『同調を完了しました。今回の同調内容は、周囲の【心】を本体とし、大和様の心を解放いたしました』

はい、俺のせいですね！

大和ムウたちのこれから

俺の【同調】スキルにより、心を取り戻した大和様は、意地でも守神さんたちから離れないと言わんばかりに二人の服を掴み、握りしめていた。

そんな大和様の様子に今まで心を封じた大和様しか知らない二人は困惑する。

「あ、あの……ムウ様？」

「余は誰がなんと言おうと二人から離れんぞ！　余は二人と一緒にいたいんじゃ！」

「そ、そう申されましても……」

「……何故急にムウ様の心が……ムウ様の心はムウ様自身の力により、封じ込められたはず……いや、正しくは『無』になったはずなのだ。それが何故……」

「あー……その、それは俺のせいと言いますか、俺の体のせいと言いますか……」

完全に予想外だった俺の体の作用で、勝手に大和様の消えた心が復活したのだ。

すると、月影さんはそんな俺の言葉に目を見開きつつ、すぐに納得する。

「……なるほど。誠一殿が関係しているというのであれば、考えるだけ無駄だな」

「無駄⁉」

そこまで言いますか⁉　……いや、無駄かもしれないね！　俺も理解できてないから！

「いや……全知全能が僕とかいう誠一が今更何をしようと驚かねぇが……」

「そ、その言葉もいまだに信じられないですけどね……で、でも、誠一さんなら納得できる気がします！　私の眼の問題も解決してくださいましたし……」

「さすが主様です！　ところでそろそろ食べ始めません？　私、お腹が限界に近いんですが……」

「……食いしん坊、すごく適当」

「そ、そんなことないぞ⁉」

大和様の異変により、なかなか食事にありつけないことで、ついにルルネが痺れを切らしてそう提案したが……今までもルルネは俺たちの会話そっちのけでずっと食事を見つめてたの知ってるからね？

前のルルネを考えるとここまで我慢できてるのはすごいけどさ。

すると、大和様が不意に俺に視線を向けると、じっと見つめてきた。

「……なるほど、お主の力か」

「え？」

「余の心が蘇ったわけの話じゃ。余はエイヤの言う通り、心を完全に『無』へと変えたはずじゃった。じゃが……お主の力により、その『無』となったはずの心が呼び覚まされたんじゃな」

「そ、そういうことになりますね。あの……迷惑でしたか？」

結果として大和様は二人に自分の気持ちを伝えることこそできたが、大和様が心を封じた理由を考えると、俺の体が勝手にしたことが果たして大和様にとって良かったことなのか分からない。

だって大和様は人間の醜《みにく》いところをたくさん見て、傷ついたから、心を封じてしまったのだ。

それをまた、同じように裏切られた状況下で心を呼び覚ましてしまってよかったのか……。

「……お主は優しいの」

「え……」

「安心するといい。余はもう大丈夫じゃ。それよりも……あのまま余が言葉を紡ぐこともできず、二人と離れる方が嫌じゃ。余を常に守り、心の底から大切にしてくれた二人と……余は離れたくない。だから、余の心を呼び覚まし、再び感情のまま言葉を紡ぐことができることに、心から感謝しておるよ。本当にありがとう」

大和様はそういうと、すがすがしい笑みを浮かべた。

ひとまずその様子に安堵《あんど》していると、アルが口を開く。

「あー……いい雰囲気のところ悪いですが、これからどうするんです？　大和様の心が解放されたのは分かりましたが、二人の解任は決定しているようですし……」

「……でも、大和様が一番偉いんでしょ？　なら、大和様が一言いえば大丈夫なんじゃないの？」

　オリガちゃんがそう首をかしげると、守神さんは首を振る。

「それは難しいでござるな……ムウ様は今まで心を封じ込め、この国の象徴として生きてこられた。だからこそ、元よりムウ様には政治的力はほとんどないでござる。それに……」

「……ムウ様の心が蘇ったことを、果たして信じてもらえるかどうか……」

　……確かに、二人を解任するって言ってる人らも、心を封じ込めた大和様しか知らないわけで、その心が解放されるなんて全く考えてもいないし、こうして感情が取り戻された大和様を見ても偽者だ！　って逆に不敬罪だのなんだのでより面倒くさいことになりそうな気がするな……。

　ついその光景を想像してうんざりしていると、大和様は静かに告げた。

「ならば、余とこの二人を外《と》つ国《くに》へと連れ出してほしい」

「え？」

「もはや余がいなくとも、この国は回る。それはこうして余の心が蘇るまで続いていることから分かることじゃ。確かに此度《こたび》はこの星どころか宇宙という広い空からの外敵による侵略はあったが……それはまた特殊な事例にすぎん。だからこそ、余たちはこの国を離れ、別の場所で暮らそうと思うのじゃ。そこで、元々外つ国から来たお主たちに頼みたいわけじゃよ」

「な、なるほど……」

「どこかよい場所を知らぬか？」

「俺もそんなに国を見て回ってるわけじゃないので、完全なことは言えませんが……」

少なくとも俺たちが今暮らしているウィンブルグ王国がとてもいい国だってことは間違いない。国王のランゼさんもすごいしっかりされてるし。

ただ……変態たちの本拠地があるんですよねぇ！　いいのかな⁉　そんな場所勧めても！

ゼアノスたちの時とはまた話が違うじゃん⁉　大和様ってお姫様、または女王様みたいなもんでしょ？

いやもう、そんなところに連れていっていいのか本気で悩むよねぇ！

するとサリアやルルネは不思議そうな表情をしていたものの、アルやオリガちゃん、ゾーラは俺と同じくギルド本部の面々を思い出し、頭を抱えていた。ですよね‼

「お願いじゃ！　どこでもいい。余たちを外の世界へと連れ出してくれ！」

あまりにも真剣な表情でお願いされた俺は――――。

◆　◆　◆

「――――というわけで、この国で暮らしても大丈夫ですかね？」

「お前サラッととんでもねぇことしてるな⁉」

大和様にお願いされた後、ひとまずウィンブルグ王国の国王様であるランゼさんに、大和様たちを連れてきてもいいか直接聞くことにした。

普通ならこんな簡単に一国の王様に謁見できたり、話したりすることはできないはずだが、ゼアノスたちを連れてきたり、ランゼさんが呪いにかかった際、それから解放したこともあって、俺はとても優遇してもらっていた。

……いや、でも以前の魔物の襲撃が起きる前にガッスルやエリスさんも普通にお城の中歩いてたし、このお城やランゼさんって想像以上に簡単に入れるのか……？　セキュリティ大丈夫？

まあルイエスとかフロリオさんみたいに強い人がお城にいるだろうから、ある程度は安心なのかもしれないけど……その警戒網を潜り抜けてランゼさんを襲撃したオリガちゃんは、とんでもなく優秀な暗殺者だったのだろう。

それはともかく、ことの経緯を軽く説明し終えたところ、ランゼさんは先ほどのような反応を見せたわけだが……そりゃそうだよなぁ。休暇のために港町に向かったら、そこから一国の騒動に巻き込まれるってどんな状況だよ。

ランゼさんは俺の言葉に驚きながらもため息をつき、苦笑いを浮かべる。

「まあお前さんのそのぶっ飛び具合にこっちとしては助けられてるんだがな。とりあえず分かった。きちんと正規の手続きを踏むのであれば、別に住むのは問題ねぇよ。さすがに俺が全部手配してやるってのは難しいが、お前のご両親とかゼアノス公に頼めば助けてくれるんじゃねぇか?」

「ありがとうございます！」

この国の懐の深さには毎回驚かされるけど、本当にありがたい。その分変態がのさばってるんですけどね！

大和様たちのことを頼み終えた俺は、ふとあることに気付いた。

「そう言えば、ここに来る時にルイエスたちの姿を見ませんでしたけど、どうしたんです?」

「ああ……実はこの国の国境付近でカイゼル帝国の兵士たちの姿が確認されてな。報告してきた兵士の話じゃ、何かを探しているみたいだったらしいが……なんにせよ、カイゼル帝国の連中に侵攻されても困るからな。一応の保険として、ルイエスたちを向かわせたんだ」

「なるほど……」

「ま、お前が考える話でもねぇよ。これは俺や大臣どもが考えることだ。お前さんはその東の国の姫様とやらを連れてきて、手続きをしてやりな」

「はい！」

ランゼさんから承諾をとれた俺は、再び東の国に転移魔法で戻ると、用意されていた食事を食べたのち、大和様たちやサリアたちを連れてもう一度テルベールまで戻ってくるのだった。

所属先

「おお！　ここが誠一たちの暮らすウィンブルグ王国か！」

ランゼさんに事情を説明し、改めて東の国に戻った俺は、まだちゃんと大和様に挨拶《あいさつ》していないことを思い出して慌てて挨拶を済ませた後、大和様たちと一緒にテルベールに戻って来た。

初めての外の世界に大和様は目を輝かせているが、俺たちはそれどころじゃなかった。

「つ、疲れた……」

「当然っちゃ当然だけどな……」

「なんじゃ、情けない。あの程度どうってことないじゃろう？」

「い、いえ、肉体的にというか、精神的に疲れたわけでして……」

何故俺たちがここまで疲れているのか――。

◆◆◆

まず、ウィンブルグ王国が大和様たちを受け入れることを告げた結果、大和様はすぐさま行動し、大臣たちを集めた。
そして――。

「──余はこの国を出ていく！」

『は？』

「ああ、ヤイバたちも一緒じゃから、そこんところよろしく頼むの！」

「む、ムウ様⁉」

なんと、何の前置きも説明もなく、大々的にそう告げたのだ。

突然の招集にも驚くところだが、何より大名たちが驚いていたのは大和様の溌剌《はつらつ》とした姿で、今まで心がなかった大和様しか知らない大名たちは大騒ぎ。

「な、なんだ？　何が起きておる？」

「わ、分からぬ！　ワシらはただ大和様がお呼びだと……」

「待て、大和様がお呼びするという状況がおかしいだろう⁉　大和様の心は封じられているのだぞ⁉」

訳の分からぬ状況に混乱する大名たち。

守神さんや月影さんはその状況をおろおろしながら見つめ、俺たちもただ黙って静観することしかできないでいると、騒ぐ大名たちを前に大和様はため息をついた。

「はぁ……全く、情けないのぉ。そんなことじゃからこの国が侵略者の手に渡りそうになるんじゃ。もっとシャキッとせんか、シャキッと！」

「は、はい！」

「……いやいやいや、おかしい！　絶対におかしいぞ⁉　大和様がここまではっきりと発言できるはずがない！　その御心は大和様自身が封じ込めたのだ！　もはや二度と心が戻ることはない！」

「そ、そうだ！　まさか、守神殿！　貴殿らの仕業か⁉」

「え、ええ⁉　せ、拙者は……」

「いや、そこにいる異国の者どもの仕業やもしれん！」

「そうだそうだ！　どのみち、大和様の感情が戻るはずがないのだ！」

「え、えっと……」

なんだか雲行きが怪しくなる中、大和様があきれた様子で告げる。

「何を言うかと思えば……余の心が戻ったのがそんなにおかしなことか？　いや、まあ普通は戻らぬのじゃが……」

「黙れ偽者！」

「に、偽者⁉」

まさか偽者呼ばわりされるとは思ってなかったため、大和様はここにきて初めて動揺した。

しかし、その動揺が良くなかったようで、大名たちは徐々に怒りを募らせていく。

「どうやったのかは知らぬが、ワシらの大切な大和様の偽者を作り出すとは！」

「生かしてはおけん！　守神たち含め、捕まえろ！」

「うえええええええ⁉」

もはや俺たちの言葉に耳を貸さない大名たちは、容赦なく襲い掛かって来た。

そんな大名たちの襲撃から逃げ、あれよあれよとお尋ね者になってしまったのだった――。

◆　◆　◆

「まさか犯罪者になるとは思わなかった……」

いや、あの国の成り立ちとか大和様のことを考えれば仕方ないのかもしれないけどさ。でもギルドの連中より先にお尋ね者なのは納得いかねぇ！

とはいえ、無事こうして脱出できたので、ひとまずは安心だ。大名たちも国の立て直しとかで忙しいだろうしさ。まああの国に行きにくくなったのは残念だが……仕方がない。

ため息をつきながら、俺は目を輝かせる大和様に訊《たず》ねた。

「や、大和様……その、よかったんですか？　ちゃんと説明しないで……」

「いいんじゃ。余の言葉を信じぬ奴らが悪い。しかも余を偽者扱いとは酷《ひど》すぎる！　それに、余はもうあの国から出て、ヤイバたちと一緒にいると決めたからの。こっちの方が大事じゃ」

「そ、そうですか……」

「なに、見放したというわけではないぞ。どのような結末を迎えようと、あの国を、人々を生み出したのは余じゃ。だからこそ、分かることもある。あの国にはもう、余は必要ない。余がいなくとも、あの国はやっていける」

「な、なるほど……」

「それよりも……誠一。なんじゃ、その口調は？」

「へ？」

　いきなり口調を指摘されると思ってなかった俺は、つい気の抜けた声を出す。

「だから、その口調はなんだと訊いておる。もっと普通にせんか。余とお主の仲ではないか」

「どんな仲!?」

　俺と大和様の仲って何!?　言うほど会話してないですよねぇ!?

「どんな仲って……余と同じ力が使えるでないか」

「…………ん!?」

「いや、それは誠一に失礼か……誠一は余なんかとは比べ物にならんからの。何なら余の方が態度を改めた方が……」

「いやいやいや！　俺は大和様と同じ力なんて使えませんよ!?」

「使えない……？　誠一が……？」

「そんな深刻そうな顔しないで!?」

　俺は無から生み出したり消したりとかできませんから！

『できなくていいんだよおおおおお！』

急に語りかけてきた脳内アナウンスに対し、俺は叫んだ。

「ま、まあよい。とにかく、余はもうあの国とは関係ないのじゃ。だから、普通に接してほしい。もちろん、ヤイバたちもじゃぞ」

「せ、拙者たちもでございますか⁉」

「当然じゃ。二人にこそ、余は壁を作らず接してほしいんじゃぞ」

「そ、そう言われましても……」

「むぅ……これは長丁場になりそうじゃ。まあいい。これからも一緒にいるんじゃ。気長に待つとするかの」

「こ、こちらも善処いたします……」

大和様の言葉に、守神さんたちは恐縮しっぱなしだった。ルーティアとか普通の口調で接してるけど、あの子も魔王の娘っていう普通なら気軽に接することができるような存在じゃないし、何なら今回のために会いに行ったランゼさんだって国王陛下《へいか》なわけで、俺のような一般市民が気軽に接していい相手ではない。

どれもこれも相手がそれを許容してくれるから成り立ってることだよなぁ。あとは周囲の人々が寛容なのも大きい。

ただ、それとこれは別……とまでは言わないが、大和様は何というか、身に纏《まと》う雰囲気が他の偉い人たちとまた違っているのだ。

何て言えばいいのか……この世界に転移する際、転移のことを教えてくれた神様？　と似た雰囲気と言えばいいだろうか。

人間ではまず出すことができない神々しさを、大和様からは感じるのだ。いきなり普通に接しろと言われてもなかなか――。

「分かった！　よろしくね、ムウちゃん！」

「サリアさん⁉」

俺が大和様への接し方に悩んでいると、サリアはそんな悩みを一蹴するかのようにとても親し気に話しかけた！　しかもムウちゃんって！

驚いたのは俺だけでなく、アルたちや守神さんたちも目を見開いている中、大和様だけ一瞬目を見開いた後、嬉しそうに笑った。

「うむ……うむ！　それでいいんじゃ、サリアよ！　お主はよく分かっておるの！」

「えへへ。だって寂しいもんね！」

「っ！」

サリアの言葉に大和様はさらに驚いた様子を見せた。寂しい……そうか、俺たちの態度が変わらない限り、大和様は孤独を感じることになるんだな。

そう考えると、俺たちも普通に接するべきだろう。

そんなやり取りをしていると、ついにテルベールの正門にたどり着いた。

そこでは兵隊さんが一人一人を検問しており、兵隊さんの中にクロードを見つける。

「ん？　おお、誠一たちじゃねぇか」

「クロード！　なんだか久しぶりだね」

「言われてみればそうだな。この街にお前たちが帰ってきてからあんまり話す機会もなかったしなぁ……っと、悪い、先に検問済ませちまうな」

クロードはそういうと、俺たちの身分証を確認していく。

俺たちはギルドカードが身分証として使えるので、それを見せれば済むが、大和様たちはそう言ったものを持っていなかった。

なので、この街に俺とサリアが初めて来た時と同じく、『真実の宝玉』というアイテムを使い、手続きを終え、三人分の入門料も支払う。

「うし、全員大丈夫だ。そこの三人はこの国に長期滞在するつもりなら、どこかで身分証を作れよー」

「うむ、分かったのじゃ！」

「お、元気がいい嬢ちゃんだな。じゃ……ようこそ、テルベールへ！」

クロードに見送られ、俺たちは改めて街の中に入ると、守神さんたちは物珍しそうに周囲を見渡した。

「おお！　見たことのない建築様式じゃな！」

「やはり拙者たちの国とは大きく様相が異なるな……」

守神さんはほんの少しとはいえ、港町サザーンに漂流したことから、異国の雰囲気を一応知っていたので、月影さんたちほど驚いていない。

「うむ、よい国じゃな！　皆生き生きとした表情をしておる！　余はすでにこの国を気に入ったぞ！」

「でしょ！　みんないい人たちばかりなんだーー！」

「えっと……まあいい国であることに間違いはないのですが――――」

俺がそこまで言いかけた瞬間だった。

「待てえええええええええ！」

「ハハハハハ！　今日も気持ちがいいね！　下半身がスースーするよ！」

「そりゃ服を着てねぇからなぁ!?」

「クソっ！　アイツ、また速くなってねぇか!?」

「おい！　向こうの通りでグランドの野郎が暴れてるって連絡が！」

「うがあああっ！　ひとまずあの露出狂捕まえて、すぐにグランドの野郎も捕まえるぞ！」

「あ、向こうで子供にヤバい視線を向けてるヤツもいます！」

「変態どもめえええええええ！」

一瞬にして俺たちの真横を走り去る裸の男と、それを追いかける兵隊さんたち。

いつもの光景を見送ると、俺は再び大和様たちの方に向き直った。

「――このように、変態しかいません」

「なんなんでござるか、この国は⁉」

俺が聞きたいくらいですね！

「誠一殿！　このような……た、爛《ただ》れた国では、ムウ様に悪影響が出るでござる！　もっと他の国はなかったでござるか⁉」

「いや、ないわけじゃないんですが……」

そりゃあいい国でいえばヴァルシャ帝国や魔王国もいいだろう。

でも、安全性でいえば、この国が一番だと俺は思う。

なんせゼアノスたちやルイエスがいるからな。

……それと本当に認めたくないが、一番の問題であるギルドの変態たちもいるからね！　見ての通り変態ども強いんですよ！

「大和さ……ん！　大和さんがこれから誰かに狙われるとも限らないし、そういう意味ではこの国が一番安全なんですよ。あの変態たちも実力者ですから……」

「誠一！　もうひとこえ！　ほれ、ムウちゃんと呼ぶんじゃ！」

「む、ムウちゃん？」

「うむ！」

唖然《あぜん》とする守神さんに説明すると、俺が大和様をムウちゃんと呼んだことでムウちゃんはとても満足そうに頷いた。

俺より断然年上のはずなんだけど、反応はとても幼いよな。

「それよりも……正門でクロードが言ってた通り、三人ともこの国で長期滞在するなら身分証を作った方がいいですね。どうします？」

「う、うーん……不安要素は大きいでござるが、他でもない誠一殿が安全というのであれば、本当に安全なのでござろうな……」

「まあな。この街を拠点にしてるS級冒険者こそいねぇが、皆実力だけならA級やS級だから、そこは安心していいぜ」

「そう、実力だけはね！」

「……世の中おかしいでござるよ」

アルの言葉に合わせて念押しするように言うと、守神さんは肩を落とした。

「余たちが住むのにこの国が適しているのは分かった。であれば、早速身分証とやらを作りたいのじゃが、どこで作ればいいんじゃ？」

ムウちゃんにそう聞かれるも、正直俺も冒険者ギルド以外どこで作れるのか知らない。というか、この街に来た時は冒険者ギルドがあんな変態どもの巣窟だなんて思いもしなかったし。

なので一番詳しいであろうアルに視線を向けると、アルは俺の言いたいことをくみ取ってくれた。

「そうだな……ひとまずこの街には冒険者ギルドのほかに、商業ギルドや職人ギルドなんてものがある。だいたいはそれらのギルドに所属するのが一般的だな。だから、そこで登録した際に貰えるギルドカードが身分証になるんだが……まあ普通に商人ギルドでいいんじゃないか？」

「何故じゃ？　余たちは特別商人としての知識はない。それに、ヤイバもエイヤも戦えるんじゃ。冒険者ギルドの方がいいじゃろう？」

「すみません、ムウ様。ムウ様のためにも冒険者ギルドだけは……」

先ほどの変態の姿を見たことで、完全に冒険者ギルドに対する不信感を持った月影さんは、まるで血の涙を流す勢いでそう頼んでくる。そ、そこまで嫌ですか……うん、嫌だな！

「えっと、俺としても商人ギルドの方が――」

「――その必要はなあああああああああああああい！」

「ッ!?」

こ、この声は……というより、この流れは……！

慌てて声のする方に視線を向けると、そこには褐色肌を惜しみなく晒す、筋骨隆々の大男

……！

「ガッスル!?」

「そう、私が冒険者ギルドのマスター、ガッスル・クルートだっ！」

キラーン！

そんな効果音が聞こえてきそうなほど真っ白な歯を見せ、筋肉を強調するガッスル。

だ、ダメだ、この流れは。完全に俺とサリアの時と同じじゃねぇか……！

このままだと流れるように登録することになるぞ！

慌てる俺やアルをよそに、まだガッスルの存在に対する衝撃が抜けない守神さんたち。

すると、ガッスルは次々とマッスルポーズを変化させながら、こちらに近づいてくる。

「酷いじゃないか、誠一君！　何故我ら冒険者ギルドを勧めないのだね!?　私たちは常に、仲間を求めている。そう、欲望を解放する仲間を……！」

「それだと困るから勧めないいんですけど!?」

「あら、誠一様。わたくしたちの仲間になれば、何も怖いものなんてないいんですのよ？　どうして拒むのです？」

「そりゃ怖いものないでしょうよ!?　ってエリスさん!?」

思わずツッコんでいると、ガッスルと挟み込むような形でエリスさんが俺たちの退路を断っていた！　いつの間に!?

驚く俺をよそに、ガッスルは自身の肉体を見せつけるようにポージングする。

「見たところ、君たちは身分証が欲しいのだろう？　ならば冒険者ギルドだ！　それ以外はあり得ない！　違うかね⁉」

「せ、拙者たちは別の場所で――――」

「まさか断ると⁉　この肉・体・美が手に入るというのに⁉」

「なんじゃと⁉」

「ムウ様⁉」

なんということだ！　ムウちゃんがガッスルの筋肉に興味を示しているだと⁉

まさかの展開に俺たちが目を見開いていると、ガッスルは嬉しそうに笑う。

「おお、君は見所がありそうじゃないか！　どうだね？　この筋肉！　欲しいだろう？」

「ほ、欲しいぞ！　余もその肉体が……！」

「ハハハハハ！　ならば冒険者ギルド以外あり得ないなぁ！　さあ、君たちも一緒に、この輝かしい肉体を手に入れよう！　筋肉は君を裏切らないぞぅ！」

「だから、俺たちは別の場所で――――」

「うむ、登録するのじゃ！」

「ムウちゃああああん？」

登録するって言っちゃったよ！　見て⁉　ガッスルたちの顔！　特にエリスさんなんてドS

丸出しの獲物を逃さねぇって表情になっちゃってるから！

「さあさあ皆さん、こちらですわ！　オーッホッホッホッホッ！」

高笑いするエリスさんと筋肉を見せつけてくるガッスルたちの圧に負け、守神さんたちは冒険者ギルドへと連れていかれるのだった。

侵食する悪意

――――『戦獣《せんじゅう》の森』。

数多くの魔物が生息し、日々生存競争が行われる危険な場所だった。

過酷な環境だからこそ勝ち残る魔物たちはどれも強力で、一体でも人里に出れば、そこは一瞬で壊滅する危険性があった。

そしてその森の近くには人々が暮らす村があり、森と隣接する国は定期的に討伐《とうばつ》隊を編成しては市民の平和を守って来た。

そうしなければ、この森の近くで生活することはままならなかった。

そんな森の中で、一人の男――――S級冒険者のユースト・ホラーズは依頼を受け、森を訪れていた。

「ガアアアアアア！」

「全く……キリがないなぁ」

彼がちょうど相対しているのは『クレイジー・ベア』と呼ばれる魔物であり、S級に位置する強力な存在で、本来ならば国の軍隊が派遣されるレベルの脅威《きょうい》だった。

クレイジー・ベアは自身の強靭な腕を振るうと、周囲の木々が一瞬にして切り刻まれていく。

だが、そんな攻撃を前にしても、ユーストは特に慌てることなく余裕をもってかわした。

「さすが、危険な森って言われるだけあるね。襲ってくる魔物全部がS級だなんて……！」

「ガアアアアア！」

今まで自分の強さに圧倒的自信を抱いてきたクレイジー・ベアは、目の前で悠々と避け続ける人間に対し、理解ができなかった。

当たらないことでますます攻撃を加速させていくクレイジー・ベア。

しかし、それは同時に体力を激しく消耗することにもつながり、クレイジー・ベアに疲れが見え始めた。

「今回はいつもより間引いておきたいし……そろそろかなっ！」

「グアアアア⁉」

一瞬にして振るわれた剣に、クレイジー・ベアは対応できず、簡単に右腕を斬り飛ばされる。

その事実に今まで森の中でも上位に位置し、脅威を感じてこなかったクレイジー・ベアは混乱した。

そして、その隙をユーストは逃すはずもなかった。

「ごめんね」

「グア――――」

咆哮する間もなく首を斬り飛ばされると、クレイジー・ベアはそのまま光の粒子となって消えていった。

「ふぅ……倒しても倒しても出てくるなぁ」

クレイジー・ベアを倒したことで一息ついたユーストは、思わずため息をつく。

「いつもなら国の兵士がやる仕事なんだろうけど、今のご時世じゃねぇ」

ユーストの言う通り、もはやほとんどの国がカイゼル帝国の手に落ち、ユーストが所属している国もまた、例にたがわずカイゼル帝国によって占領されていた。

そのため、軍隊の編成も制限されたため、こうして危険地域と隣接している村々は脅威に晒されることになり、それを防ぐために国からの依頼として冒険者ギルドに斡旋《あっせん》されていた。

ただ、その依頼をまともに完遂できるのはその国の支部に在籍しているユーストだけで、必然的にこの依頼はユーストが受けることになったのだ。

「なんにせよ、放っておくわけにもいかないし……本当に戦争って嫌だなぁ」

基本、ギルドの冒険者たちは国の戦争に駆り出されることはない。要請はあるが、断ることができた。

それは本来ギルドがどこの国にも属さない、特殊な立ち位置として存在しているからだ。

もちろん、愛国心の強い者は戦争に参加する場合もあるが、強制力はなかった。

その代わり、彼らには人間以外の脅威……魔物や自然災害などが起きた際、それらを手助けする義務があった。

特に魔物による被害がある場合は、どんな寒村であっても冒険者に依頼することができる。

本来、資金に乏しい村であれば魔物の被害が出てもなかなかギルドに依頼するだけの資金が用意できない可能性が高かったが、それをギルドという組織が補填してくれるのだ。

そのため、魔物の被害が出た際はリスクなく依頼をすることができた。

他にもギルドや冒険者だからこその特権などが重なり、多くの国々で特殊な地位を確立することができていたのだ。

とはいえ、今ユーストが受けている依頼は被害が出る前に森の魔物を間引くといったもので、これに関しては冒険者ではなく国が率先して行うことが多かった。

ドロップアイテムを回収し、一息ついたユーストは、虚空に向かって語り掛ける。

「それで……いつまで見てるんだい？」

「────ハハハ、素晴らしい」

突如《とつじょ》、空間に闇が滲むようにして出現すると、そこから一人の男が姿を現した。

その男はフードを深くかぶり、表情が読めない。

この男こそ【魔神教団】の『神徒』────《鏡変》のゲンペルだった。

ゲンペルは拍手をすると、ユーストに話しかける。

「一応、名乗っておこう。私はゲンペル。【魔神教団】の神徒だ。貴殿が《無双》のユースト・ホラーズで相違ないな？」

「……」

「ふむ……かなり警戒されているようだが、安心してくれ。私は何も貴殿と争いたくて来たわけではない」

「……何？」

　ユーストにとって、【魔神教団】はウィンブルグ王国と魔王国の初めての会談の際、魔物を引き連れ、さらには魔王の娘であるルーティアを狙った存在であり、敵といっても過言ではなかった。

「僕に何の用だい？　僕は貴方に何の用事もないんだけど」

「フハハハハ！　これはまた随分と嫌われたようだ。何、そう難しい話ではない。ただ、勧誘に来たのだよ」

「!?」

　ゲンペルの言葉にユーストは目を見開く。

「我々は常に人材不足でね。特に最近は謎の存在により、どんどん数が減っていると聞く。一から育て上げるのもいいが、即戦力となる人物が欲しいのだよ。そう――――貴殿のような」

「……」

「突然の提案に困惑しているだろうが、安心してほしい。貴殿は選ばれたのだよ、新たなる人類の一員として！」

「新たなる人類？」

聞きなれない単語にユーストは首をかしげると、ゲンペルはどこか酔いしれた様子で続ける。

「そうだとも！　今、数多の世界で生きている存在は魔神様だけでなく、恐れ多くも魔神様に歯向かった偽神の力も加わり、生み出された。だが、その旧時代の残骸どもは魔神様を偽神に売り、結果として魔神様は封じられ、旧時代の残骸が世にのさばることになった。しかし、我々が魔神様を再び降臨させることで、そのすべてが浄化される！　旧時代の残骸は滅び、魔神様による新たな時代が来るのだ！　その栄えある新人類の一人として、貴殿を迎えると言っているのだよ！」

「なるほどね……つまり、貴方たちの信仰している魔神とやらが復活すれば、今を生きている人々は消えちゃうわけだ」

「そうだとも。それに、もう魔神様は復活された。あとは力を蓄え、万全を期して世を平定するのみ！　さあ、我らの下に来るのだ」

「遠慮するよ」

「……何？」

飄々《ひょうひょう》とした態度で、ユーストはそう言い切った。

「僕は君たちが何を信仰していようと構わないし、興味はない。でもね、今を必死に生きている人々を消すだなんて……そんな考えにはとても賛同できない」

「何故だ？　人々は争いを繰り広げるだけではないか。この星だけではない。はるか遠い宇宙の果てや次元を超えた先でさえ、争いは続いている。それは何故か。簡単なことだ。人類は欲にまみれ、あたかも魔神様が生み出した尊き大地を、星々を、自らの領土だとのたまう。この世のすべては魔神様の物だというのに……。だが魔神様が再び頂点に立つことで、すべての権利は魔神様の物になる。新人類の時代となれば、もはやそのような争いはなくなるのだ」

「でもその争いの原因を作っているのも貴方たちだ。貴方たちだって僕らと同じ、その旧時代の残骸であることには変わりないよ。貴方たちのせいで、不要な争いが行われている」

「いいや、違う。我らの行いは争いではない。選ばれぬ者どもを粛清しているだけだ。ただ、それを受け入れぬ愚か者どもが抗うがゆえに、結果として争いになるのだ。選ばれなかった者どもはただ、下される裁きを受け入れればいい。それこそが、欲にまみれた肉塊の末路に相応しいのだ」

「なら、なおさら僕は貴方たちの考えには賛同できないね」

「なんだと？」

「勧誘しに来た割には、僕を――――いや、冒険者ってものを理解していないみたいだね」

ユーストはゲンペルに対し、力強い視線を向けた。

「僕たち冒険者は、欲望に生きているんだ。……ギルド本部の人たちとか特にすごいけどさ」

ユーストはテルベールのギルドの面々を思い出しながら、つい苦笑いを浮かべた。

「何かを求めるのは必ずしも悪いわけじゃない。もちろん、人の世を成立させるうえでダメなものは裁かれるべきだけど……本当にあそこのギルド、なんで裁かれないんだろう？　と、とにかく、人には多かれ少なかれ欲ってものはあるはずだ。僕は人並みではあるけど、この欲ってものは嫌いじゃないんでね。世の中理不尽なこととかたくさんあるけど、欲もなく、何事もない世界で生きることって果たして生きてるって言えるのかな？」

「この世界の人間は、かつてそれを望み、魔神様の庇護《ひご》を求めた。今更何を言う？」

「……確かに、僕らの祖先は楽な道を選び、結果として神々から捨てられてしまった。だからこそ、僕らは本当の意味で生きるってことを知りえたんだよ」

「理解できんな。所詮貴殿の言葉は綺麗ごとにすぎん。捨てられた結果、本来は必要のない理不尽を受けることになったのだ。そしてその理不尽を受けた者は、世を恨《うら》み、破滅を望む。貴殿の言う生きる、という実感を手にしたことでな」

「そうかもね。でも、少なくとも今の僕には欲望は必要なんだ。だから、悪いけど貴方の提案には乗れないよ」

　はっきりと告げるユースト。

　それを受け、ゲンペルはしばらくユーストのことを見つめていたが、やがてため息をついた。

「はぁ……やはり、貴殿も彼らと同じことを言うのだな」

「彼ら……？」

「他のＳ級冒険者たちだよ」

「!?」

「彼らもまた、新人類の一員として選ばれたにもかかわらず、それを拒んだ。私としては、素直に仲間になってくれればよかったんだが……全く、冒険者という者たちは理解できん。おかげで実力行使をさせてもらった。結果、ほとんどのＳ級冒険者は我らの下に降ることになったよ」

「なっ!?」

ユーストはゲンペルの言葉が信じられなかった。

もしゲンペルの言葉が本当なのだとすれば、すでにほとんどのＳ級冒険者は【魔神教団】の手に落ちたことになる。

それは彼らの実力をよく知るユーストにはとても信じられることではなかった。

「……ここで必ず倒す必要があるみたいだね」

「倒す？　おかしなことを言う。本当にそれが可能だとでも？」

「そう？　そこまで言うんなら、確かめてみなよ……！」

Ｓ級冒険者たちのことを知るためにも、ユーストはゲンペルを倒さなければいけなくなった。

そして、ユーストは《無双》と呼ばれるだけの実力を有した最強のＳ級冒険者である。

そのことを普段は控えめなユースト自身も理解しており、負ける気はなかった。

だが――――。

「ハアッ！」

「やはり最強のS級冒険者と言われるだけあるな」

「なっ⁉」

なんと、ゲンペルはユーストの攻撃を避けるそぶりすら見せず、そのまま受けた。

結果、ユーストの剣は簡単にゲンペルの体を切り裂き、二つに分かれる。

「何が……」

「どうした？　今ので終わりか？」

「⁉」

慌てて声のする方に視線を向けると、そこにはたった今斬り倒したはずのゲンペルが、何事もなかったかのように立っていた。

しかも切り殺したゲンペルの死体は残っているのである。

この不思議な状況の中、ユーストはすぐに冷静になると剣を構えなおす。

「どういうカラクリか知らないけど、貴方が何度でも復活するなら、復活できなくなるまで殺すだけだよ。見たところ、戦闘は素人《しろうと》みたいだし」

ユーストの言う通り、ゲンペルの身のこなしは戦闘慣れしている人間の動きではなく、そんな人間が何回生き返り、何人現れようともユーストは負ける気が全くしなかった。

「ハハハハハ！　確かに、私は戦闘がそんなに得意ではない。それこそ、《無双》を相手にできるなど思ってもいないよ」

「ならこのまま降参するかい？」

「まさか！　貴殿の異名通り、並ぶ者がいないのだとすれば、用意すればいい」

「？　いったい何を――」

ユーストが言葉を紡ごうとした瞬間だった。

ゲンペルの隣に、徐々に闇が集まっていく。

それはどんどん形を成していき――。

「そんな……馬鹿な……!?」

「さて、《無双》殿――お別れだ」

◆　◆　◆

「やはり、S級冒険者は素直に仲間にならぬな」

目的を達成したゲンペルは、また新たな目的を達成すべく、別の場所に来ていた。

「本当ならば向こうの意思で魔神様への忠誠を誓えばよいのだが……こればかりは仕方がない。あれはあれで、扱いが楽だからな」

ゲンペルはユーストとの会話で言っていた通り、すでにほとんどのS級冒険者と接触し、目的を達成してきた。

「ユティスも魔神様のご命令で戦力を補充しているようだが、それでも手が足りぬだろうからな。本来ならばデストラやヴィトールにも手伝わせたいところだが……ううむ」

ゲンペルとしては、デストラやヴィトールがやられたとはなかなかに信じられなかったが、ユティスから聞いていた話通りなら、もうやられている可能性が高かった。

「……我らの脅威となりえる存在か。ユティスですらその正体を掴めぬとはな……だが、この世界に存在する強者といえば、《剣騎士《ナイト・オブ・ソード》》や《魔聖《ませい》》、それにS級冒険者くらいだ。だが、S級冒険者にヴィトールやデストラを倒せるとは思えん。《魔聖》に関してもユティスが種を植えたと言っていたが……《剣騎士》がそこまで強い存在だったのだろうか?」

考えれば考えるほど謎が深まる中、ゲンペルはため息をついた。

「はぁ……まあいい。可能性のあるS級冒険者どもをこうしてこちらに引き入れることで、脅威の排除と戦力補充の二つを同時に行えるわけだ。これでユティスの負担も少しは軽くなるだろう」

しばらく歩き続けていたゲンペルは、目の前に待ち構えていた人物に声をかける。

「というわけだ。残るは貴殿だけだな――《雷女帝《らいじょてい》》よ」

「……」

最後のS級冒険者――《雷女帝》エレミナ・キサ・ウィンブルグは、険しい表情でゲンペルと対峙《たいじ》した。

「どうやら貴殿は、私たちのことを随分と熱心に嗅ぎまわっていたらしいな？」

「……ええ、そうよ。貴方たちのことをたくさん探ったわ」

「ならば話がはやい。どうだ？　我々の仲間にならないか？」

　ゲンペルの提案に対し、エレミナは微かに目を見開くと、すぐに笑みを浮かべる。

「フフ……私が貴方たちを探っていたことは知ってるのに、その理由は知らないのね」

「ん？」

「私は、貴方たちを止めるために動いているのよ。だから、貴方もここで終わり」

「はぁ……貴殿もまた、我らの崇高な思想を理解できんのだな……まあいい。その余計な意識は不要だ。これからは、我らの礎《いしずえ》として働いてもらうのみなのだからな」

「好き勝手言ってくれるわね……！」

　エレミナはそう言いながら右手に雷を纏《まと》わせると、地面に叩きつける。

「『雷針柱《らいしんちゅう》』！」

　するとエレミナが手をついた位置から鋭い雷の柱が次々と地面から発生し、ゲンペルまで向かっていく。

　その技はバーバドル魔法学園で行われた校内対抗戦にて、エレミナの息子であるロベルトが使用したものと同じ魔法だったが、その規模も威力も段違いだった。

だが、ゲンペルはそんな魔法を前にしてなお、余裕の態度を崩さない。

「素晴らしい！　ユースト・ホラーズや他のS級冒険者といい、貴殿らは魔神様の駒として使うだけの価値がある！」

「っ……消し飛びなさい！」

さらにダメ押しと言わんばかりにエレミナは追加で『雷雨』という上空から雷を降らせる魔法も発動させた。

そして、ゲンペルはエレミナの魔法をもろに受け、一瞬にして体が消し炭となる。

「……その力、どういうことかしら」

「――ハハ、気になるかね？」

確実に消し炭になったはずのゲンペルは、その死体らしきものの背後から何事もなかったかのように無傷のまま、再び姿を現した。

「まあ我らの仲間になるのなら、これから先も見る機会はあるだろう。大人しく我々に降るがいい」

「どういう力か知らないけど、それで勝った気？　こう見えて、私もユースト君と同じくらい強いんだから」

「そんなことは百も承知だ。だからこそ、君を確実に捕まえるべく、他のS級冒険者を狙ったのだよ。君は逃げることもできない」

「――――『雷神装《らいじんそう》』」

エレミナは全身に雷の鎧《よろい》を纏うと、鋭い視線をゲンペルに向ける。

「貴方には聞きたいことがたくさんあるわ」

「そうか。私は特にないがね」

「ッ！」

エレミナは魔法の力を用い、ゲンペルへと攻撃を仕掛ける。

しかし、その攻撃を受け、ゲンペルは消滅するも、別の場所から再び現れる。

そして、次の瞬間……エレミナの周囲を黒い影が囲い込んだ。

「これは……!?」

「言っただろう？　君は逃げられないと」

エレミナを囲う影が、一斉にエレミナへと襲い掛かるのだった。

連行（二回目）

ウィンブルグ王国の王都テルベールにある【アークシェル城】。

そこの執務室で、ランゼはいつも通り仕事をしていた。

「ったく……ちっとも仕事が終わらねぇ……これだから王なんてやりたくなかったんだがなぁ……」

目の前に積み上げられた書類を見て、ランゼは思わずそう呟いた。

というのも、ランゼの父である先王にはランゼしか息子がおらず、そのままランゼが継ぐ形で国王となったのだ。

とはいえ、ランゼの能力は非常に高く、王として非常に優れている。

ランゼが書類と格闘していると、不意に部屋の扉が叩かれた。

「ん？　入れ」

「失礼します」

すると、入室してきたのはルイエスの兄であるフロリオだった。

特にフロリオと面会する予定もなかったため、少し驚きながらもランゼは書類から目を離す。

「おお、フロリオか。どうした？」

「陛下。現在の訓練状況の報告に参りました」

「ああ……今はルイエスもいねぇし、お前さんに頼んだんだったな。で、どうだ？」

「そうですね……魔術部隊は前から私が受け持っていたので、特にご報告することもないのですが……一般兵は日に日に強くなっています。間違いなく」

「ほう、お前から見てもすぐに分かるほど、そんなに劇的に変わってんのか」

「はい。ギルド本部のせいで」

「………これは喜んでいいのか？」

フロリオの言葉にランゼは何とも言えない気持ちになった。

「はぁ……最近はカイゼル帝国が妙な行動を起こすせいで兵士たちには頑張ってもらわねぇといけねぇし、強くなるに越したことはねぇ、か……いや、市民への悪影響を考えると頭が痛ぇが……。そういやカイゼル帝国では人為的に『超越者』を生み出す方法を手に入れたらしいしな」

「それは……本当ですか？」

「本当だ。今、カイゼル帝国に偵察としてジョージの野郎を送り込んでんだが、そう報告があった。だから間違いねぇだろう。ウチの国でさえ『超越者』はルイエスしかいねぇ。『黒の聖騎士《ブラック・パラディン》』でさえ、まだ『超越者』ではない。お前もな」

「はい……」

ランゼの言葉に、フロリオは思わず表情を暗くする。

「おいおい、そう落ち込むなよ！　人為的に『超越者』にするってのは本当に何の代償もなくできることなのかも分からねぇし、ルイエスはここ最近ぶっ飛んでるからな。主に誠一と会ってからだが……」

「我が妹ながら頼もしい限りです。それに、誠一君と出会ったことで、妹はとても生き生きしてますし、兄としては嬉しいですよ」

優し気な表情でそう告げるフロリオに、ランゼも苦笑いを浮かべた。

ここで誠一の話題が出たことで、ランゼはふと思い出す。

「そういや、誠一の言っていた東の国のお姫様ってのは無事到着したのかねぇ」

「お姫様、ですか？」

「ああ。なんでもアイツ、またいろいろやらかしたみたいでよ。最近疲れたとか何とかで、休養もかねてサザーンまで行ったらしいが、そこで東の国の武者？　ってヤツを拾ったらしくてな」

「すでに情報過多なんですが……」

「んで、その拾ったヤツの頼みを何だかんだ聞いてたら東の国の騒動に巻き込まれ、そのまま一国救っちまったんだとよ」

「何だかんだで国を救うって何なんですか⁉」

「俺が聞きてぇよ……」

　ランゼも自分で説明しながら思わず頭を抱えてしまった。

「誠一は国を救ったとか、そんな風には言わずにただ成り行きでかかわることになった問題を解決したって言ってたが……あれはどう聞いても国を救ったとしか言いようがねぇだろ……」

「あ、相変わらず無茶苦茶なようですね……」

　フロリオ自身は誠一の実力をそう見る機会はなかったが、誠一に一時とはいえ手加減する術を身に付けさせるのに協力したり、ランゼの呪いを解く場面を見ていたりと、その能力の片鱗は見ていた。

　それに対してランゼは自身の呪いを解いてもらったことや、魔王国との会議、ゼアノスたちとのつながりなど、誠一がとんでもない存在だということに否応なく気付かされていた。

「まあとにかく、誠一は東の国で活躍した結果、そこの国のお姫様と繋がりができて、そのお姫様がうちの国で暮らすんだとよ」

「どういう流れでそうなるんですか⁉　そもそも一国の姫がそう簡単に他国で暮らすなんて……」

「俺もいろいろ言いたいことはあったが、どうやら向こうも訳ありっぽくてなぁ。何かあっても誠一が解決するだろうし、考えんのも面倒だったから許可したぜ！」

「もはや諦《あきら》めてますよね……」

「というか、誠一とかかわってからこの国どんどんとんでもない方向に向かってるよな。ゼアノスたちとかすげぇ連中が次々移住してくるし……なんだ？　この国は避難所か？　いいけどよ！」

「ま、まあ結果的に国の利益になるのであれば……」

どこかやけくそ気味に叫ぶランゼに対し、フロリオは苦笑いを浮かべることしかできなかった。

すると、フロリオはランゼの左手に装着された指輪が光っていることに気付く。

「あの、陛下。そちらの指輪が光ってるようですが……」

「あん？　ッ⁉」

フロリオの指摘を受け、ランゼはその指輪に視線を向けると、薬指に装着された石が赤く光っていた。

その光を見て、ランゼは血相を変える。

「エレミナ⁉」

「！　エレミナ様がどうかされたんですか⁉」

「これは『指針石』だ！　もしアイツに何かあった時のために持たせてたんだが、なんで……！」

突然の事態に困惑するランゼ。

ランゼはエレミナの居場所や状況を少しでも分かるようにするため、お互いに魔力を込めた『指針石』を肌身離さず付けていた。

そしてエレミナ自身はS級冒険者だということもあり、そう危険な目に遭うこともなく、今まで続いてきた。

だが、ここで初めてエレミナの危険を知らせる『指針石』が光ったのだ。

「どういうことだ？　エレミナに何が――――」

『――――ご機嫌麗しゅう……国王陛下』

「「‼」」

部屋の一部に闇が滲むように広がると、そこから一人の男……ゲンペルが姿を現した。

何の気配もなく現れたその存在を前に、すぐさまフロリオはランゼを庇うように移動し、杖を構える。

ただ、フロリオは何の気配もなく、それでいてランゼの下に一瞬で現れた目の前の存在に驚《きょう》愕《がく》し、冷や汗を流した。

そんな中でもランゼは冷静に相手を見つめ、問いかける。

「……お前は誰だ」

『おっと、私のことはご存じないようだ。まあ、私の所属する組織については、陛下の奥方から聞いているのでは？』

『その通り！　改めて……私は【魔神教団】の神徒である、《鏡変》のゲンペルだ。今回私が陛下にこうして連絡を差し上げたのは他でもない……その奥方についてだ』

「まさか……テメェか！　エレミナはどこだ！」

激昂するランゼに対し、ゲンペルは笑みを崩すことなく続けた。

『そう焦らないでくれたまえ。急かさずとも話すさ……陛下の奥方だが、お気付きの通り、こちらで預かっている』

「エレミナ……！」

ゲンペルが指を鳴らすと、空間に一つの映像が映し出された。

それはボロボロになり、気を失ったエレミナが拘束《こうそく》された姿だった。

『陛下の怒りはもっともだが、彼女が抗うからこちらも手荒い真似をせざるを得なかったのだよ。まあこうして大人しくなった後は丁重に扱っているので安心したまえ』

「テメェ……！」

「……何が目的だ」

ランゼは怒りに耐えながらそう呟くと、ゲンペルは厭《いや》らしく笑う。

『理解が早くて助かるよ。私の望みはただ一つ。このウィンブルグ王国にある兵力を……いや、この国を捧げることだ』

「【魔神教団】、か」

「⁉」

「貴様、何を言っている……！」

フロリオが今すぐにでも魔法を放てるようにしながらそう叫ぶと、ゲンペルは続けた。

『何、そのままの意味だ。このウィンブルグ王国は以前、魔王国と会談を行っただろう？　そこに我らも干渉《かんしよう》させてもらったのだが……どういうわけか、使徒たちが使い物にならなくなった。他にも各地に散らばる使徒たちでさえ、次々と倒されていく……だからこそ、我々は戦力を補充する必要があるのだ。中でもこの国は随分と良質な兵が多いからな。都合がいいのだ』

「……戦力が欲しいってんなら、カイゼル帝国にでも行けばいいじゃねぇか。あそこは『超越者』だらけだって言うぜ？」

『ハッ……レベルという概念に囚われ、たかがレベル５００を少し超えた程度で強いわけなかろう？　それに、我々の下に来ればいくらでも【超越者】など生み出せる。だからこそ、基から素質のあるこの国の兵を求めた方がいいのだ』

「……」

『それに、いまだにこの星に【魔神教団】を最上とする国がないのはおかしいだろう？　ゆえに、最初にこのウィンブルグ王国を魔神様への献上品にしようと思ってな』

ゲンペルの要求は理解できたものの、ランゼはそれを受け入れるわけにはいかなかった。

ここでゲンペルの要求を受ければ、【魔神教団】の傘下になることにつながり、さらにランゼの個人的な感情で国民を差し出すことになるからだ。

たとえエレミナがS級冒険者であり、自身の最愛の妻だったとしても、それを助けるために国を差し出すわけにはいかなかった。

とはいえ、ここで断ればエレミナの身がどうなるか分からず、答えに窮していると、ゲンペルは笑う。

『フフフ……私は優しいからな。今すぐ答えろとは言わん。一週間の期限をやる。確かこの国には【山神の洞窟】とやらがあったであろう？　答えが出れば、そこまで来い。もし私の要求を呑むのであれば、陛下の奥方は無事に帰してやろう。もちろん、全兵力を挙げて奪いに来てもよいぞ？　私は逃げも隠れもせん。まとめて来てくれる方が探す手間が省けるからな。その時は奥方や陛下だけでなく、国そのものが消えるがな？　フハハハハハ！』

「！」

「『ニヴルヘイム』！」

高笑いをするゲンペルに対し、フロリオがついに耐えきれず魔法を放った。

それは氷属性最強の魔法であり、ゲンペルどころか部屋のほとんどを一瞬にして氷漬けにしてしまう威力だった。

そんな魔法を避けることすらせず、もろに受けたゲンペルは、笑みを浮かべたまま氷漬けにされると、そのまま砕け散る。

だが……。

『ハハハハハ！　次に会えるのを楽しみにしているよ――――』

目の前で砕け散ったゲンペルの姿があるにもかかわらず、ゲンペルの笑い声が部屋に響き、やがて完全に声は消えていった。

それと同時に砕け散ったゲンペルの死体が、まるで砂のように崩れ、消えていく。

「陛下……すみません、つい感情的に……」

「……いや、いい。それよりも、どうすれば……」

フロリオにすら感知されずに好きな場所に出現できる力と、たった今目の前で起きた謎の能力。

さらにはエレミナを倒したことからも、S級冒険者以上の実力があることが分かった。

たとえウィンブルグ王国の兵士たちが精強だと言っても、そのような謎の多い相手にどこまで対抗できるか分からない。

頭を抱えるランゼに対し、フロリオは真剣な表情で告げた。

「ひとまず討伐隊を編成しましょう。幸い向こうの指定した【山神の洞窟】はここから近いですし、一週間の猶予があるのですから、ルイエスたちが戻ってきてからでも間に合うはずです」

「いや、大勢でいけば、『山』を刺激することになる」

「あ……」

ゲンペルが指定した【山神の洞窟】は、超巨大な魔物であり、通称『山』と呼ばれる存在の背中の上にあった。

その名の通り『山』の大きさは尋常ではなく、普段は普通の山として機能しており、魔物の背中であるにもかかわらず様々な恩恵を得ることができていた。

その恩恵の中には『山』という魔物の性質も含まれ、『山』はずっとその場で眠り続けており、大勢の人間がその『山』の上を通ろうとすると、煩《わずら》わしさから目を覚まし、眠りを妨げた者たちに襲い掛かるのだ。

刺激さえしなければ何の害もなく、恩恵だけを授けてくれる『山』という魔物は、ウィンブルグ王国の守り神としても語られることもあったが、今の状況においては非常に都合が悪かった。

もしゲンペルからエレミナを取り戻すために大量の兵を導入すれば、それだけで『山』が目を覚まし、最悪テルベールが滅ぼされる可能性もあるのだ。

そうなると少数精鋭による救出隊が必要となるが、たった今、フロリオの魔法を受けても無事だったこと、エレミナを倒した実力があることなど、とても少人数で相手にできるような存在には思えなかった。

「いったいどうすりゃいいんだ……」

ランゼは力なく座り込むと、頭を抱えるのだった。

◆　◆　◆

「――――むふー！　余は満足じゃ！」

「登録してしまったでござる……」

あの後、ガッスルたちに強制的に連行され、そのまま登録することになったムウちゃんたち。

しかも俺たちの中にはアルもいるので、試験も簡単に終わり、無事登録することができた。

否。できてしまったのだ。

「これが余のギルドカードかぁ……！」

先ほど貰ったばかりのギルドカードを掲げ、ムウちゃんは目を輝かせる。

登録は守神さんと月影さんだけがするもんだと思っていたが、ムウちゃんもしたいと強く要望したため、結果的に三人とも登録することになった。

ムウちゃんは今まで心を封じ込めていたこともあり、世間的なことは何も分からないかと思ったのだが、試験はどれもちゃんと自分の力でクリアしていた。

唯一、筋力を使った雑用こそ苦手そうだったが、俺が勝手に一番の問題になりそうだと思っていた討伐なんかは簡単にクリアしていた。

というのも、そこで初めてムウちゃんの力を見たのだが、本当に無から何かを生み出したり、逆に有るものを無にしたりできるのだ。

最初こそ、討伐試験の対象だったスライムを一瞬で消滅させ、俺たちは驚いたが、それだと倒したって証明ができないので、他の方法による討伐が行われた。

それは魔法のように火や雷といったものを生み出し、それをスライムに放つことで倒したのだ。

ただ、魔法と違って何かを消費して生み出すのではなく、何の代償もなく火や雷を生み出し、操って倒したのだ。とんでもないよね。

「そうだ、誠一！　余はお礼を言いに行きたいぞ！」

「え、お礼？　誰に？」

「もちろん、この国の王じゃ！」

「む、ムウ様⁉　さすがにそれは無理だと――」

「あー……じゃあ行ってみようか」

「できるのか⁉」

月影さんは俺の言葉に目を見開いた。

「おかしくないか⁉　誠一殿はいったい何者なんだ！　そんな簡単に王族に会えるなど、普通の存在ではないぞ⁉」

「え？　誠一は普通じゃないよ？」

「サリアさあああん？」

なんで俺が普通だとおかしいみたいな反応をするんですかねぇ⁉

「うーん……こればかりはなぁ。誠一だからとしか言いようがねぇな」

「……ん。誠一お兄ちゃんだから、だね」

「主様ですから！」

「それは答えになってないぞ⁉」

「あ、あはは……」

アルたちがどこか吹っ切れた様子で答えるのに対し、月影さんはただただ困惑した様子を見せる。

まあでも月影さんの反応が本来正しくて、ただの一般人が王族と気軽に会えるはずがないのだ。

基本的に王城に向かえば、兵隊さんの誰かがランゼさんのところまで連れていってくれるって、改めて考えるととんでもないよなぁ。

「まあ本当に会えるかは分かりませんが、ひとまず知ってる兵士さんとかいるかもしれないんで、その人に聞いてみましょう」

「おー！　さすがは誠一じゃな！」

「誠一殿と会ってから、拙者の価値観や常識がことごとく破壊されるでござる……」

「まさに理不尽の塊だな……」

「散々な言われよう⁉」

俺としては普通に生きてるだけだから。勝手にトラブルが舞い込んで、勝手に破壊されてるだけだから……！

そんなこんなで早速ムウちゃんたちを連れ、お城に向かう。

だが……。

「あれ？　なんだか騒がしいな……」

お城の入り口に着いたのだが、いつもなら門番さんらしき人が立っていて、挨拶したり、対応したりしてくれるのに、その門番さんたちも含めてドタバタしている。

しかも、全員の表情はなんだか深刻そうだし……。

「何かあったのか？」

「さあ……」

俺自身も分からないので、アルの問いに答えられないでいると、偶然フロリオさんの姿を見つけた。

「あ、フロリオさん！」

「え？　……あ、誠一君⁉」

フロリオさんは俺を見つけると目を見開き、足早にこちらにやって来た。

そして、俺の腕をつかむと――――。

「ごめん、誠一君を借りるよ！」

「へ？」

『え？』

「さあ、こっちだ！」

「ま、また連行されるのおおおおお？」

初めてこのお城にやって来た時と同じように、連行されるように引きずられる俺は、ついそう叫んでしまうのだった。

ランゼの頼み

「陛下！」

「フロリオ……？」

「あ、ランゼさん。どうも」

「……どういう状況だ？」

フロリオさんに連行された俺は、いまだ引きずられている形だったが、ひとまずランゼさんに挨拶する。

いや、どういう状況なのかは俺が聞きたいんですが……。

するとそんな俺を追って、サリアたちもやって来た。

「おいおい、何だよ。全員揃って……」

「陛下！　今回の件、誠一君に頼むのはどうでしょうか⁉」

「え？」

フロリオさんは切実な様子でランゼさんにそう告げた。

「あの未知の力を持つ男から確実に救出するには、十分な戦力が必要です。……悔しいですが、私や……それこそ【黒の聖騎士】、ルイエスがいたとしても、勝てるか分かりません。それほどまでにあの男は謎でした。だからこそ、我々があの男からエレミナ様を救出するには、多くの兵力が必要です！　ただ……多くの兵を率いてしまえば、男の相手だけでなく、『山』すら相手にする必要があるでしょう。そうなると、救出どころかヤツが指定した【山神の洞窟】に向かうのすら困難になります。ですが、誠一君であれば……！」

状況が掴めないまま話が進んでいくと、ランゼさんはフロリオさんの言葉に対して、真剣な表情で首を振る。

「いや、誠一を巻き込むわけにはいかねぇ。コイツは今までも俺たちを助けてくれた。だが、そればかりを頼りにはできん」

「ですが……！」

「あの……何があったんです？」

断片的にしか分からないが、かなり深刻そうだ。

救出とか戦力とか聞いてる限り不穏な感じだけど、俺に何かできることがあれば手伝いたい。

だが、俺の問いにランゼさんは笑った。

「ちょっとな。それよりも、そこにいるのが誠一の言ってた嬢ちゃんたちか？」

「は、はい！　拙者は守神ヤイバと申します」

「月影エイヤでございます。それと、こちらは我らが主君である大和ムウ様です」

「そうか。悪いなぁ、来てもらって早々にこんなバタバタしててよ。まあこの国をゆっくり楽しんでくれれば嬉しいぜ」

「……」

笑いながらそういうランゼさんの顔を、ムウちゃんはじっと見つめた。

そして……。

「何を躊躇《ちゅうちょ》しておるんじゃ。素直に誠一に頼めばよかろう？」

「え？」

「困ってるから助けてほしい。ただそれだけのことを頼むのは案外難しいものじゃ。それにお主の言う通り、誰かに頼り切りだったり、相手の善意を利用するようなヤツであれば、余も何も言わん。だが、お主は自分の力で解決しようと努力し、それが難しいと分かったのなら、素直に周囲を頼るべきじゃ」

「……」

「何より、此度の件、相手の理不尽による被害じゃろう？　ならばより遠慮することはない。お主の落ち度ではないんじゃ」

「……どうしてそこまで分かるんだ？　フロリオの様子を見るに、話は聞いてねぇんだろ？」

今回のこの騒動の原因を知っているかのような口ぶりのムウちゃんに対し、ランゼさんは驚いていた。

というより、俺たちも驚いている。

だが、そんな俺たちの様子をよそに、ムウちゃんは胸を張った。

「むふー。余はムウちゃんじゃからな！　なんでも分かるぞ！」

「こ、答えになってないよ、ムウちゃん……」

「そうか？　というより、何故誠一は分からんのじゃ？」

「何故⁉」

な、何故と言われても、分からないから分からないとしか……！

「まあよい。それよりも、お主は頼れるべき相手にはちゃんと頼るのが一番じゃぞ。……余はそれができなかったから、心を閉ざすことになったんじゃ」

「ムウちゃん……」

ムウちゃんも誰かに頼ることができなくて、辛《つら》い思いをしたのだ。

そんなムウちゃんの言葉だからこそ、とても説得力があり、ムウちゃんのことを詳しく知らないランゼさんも真剣な表情を浮かべた。

ただ、それでもまだ苦悩するランゼさんに対し、俺は口を開く。

「あの、話してください。俺に何ができるか分かりませんが、協力したいんです」

「誠一……」

「俺、この国が好きです。ちょっとぶっ飛んだ人が多い国ですけど、それでも皆温かくて……」

「それに、ランゼさんはノアードさんのお店で相談に乗ってくれたじゃないですか。その恩返しをさせてください」

「……んなもの、とっくにしてもらってる。俺が呪いにやられた時も、魔王国の嬢ちゃんと会談した時も……」

ランゼさんはそういうが、俺としてはまだまだ恩返しはできていない。

俺たちをこんないい国にいさせてくれて、そのうえ父さんたちも受け入れてくれて……感謝してもし足りないんだ。

すると、俺たちの会話を聞いていたサリアが手を挙げた。

「はいはい！　私たちも協力するよー！　困ってる人がいたら、助けないと！」

「もちろん、オレも……つっても、誠一が協力するんならオレらいらねぇ気もするが……」

「主様が手を下すまでもありません！　勝手に自滅します！」

「……食いしん坊。それはさすがに――――あるかも」

「あるんですか⁉」

オリガちゃん、そんなこと起きないからね⁉　ゾーラも真に受けない！

「と、とにかく！　俺たちが協力したいんです！　だから、教えてください。何があったのか……」

「……」

「お前ら……」

ランゼさんは俺たちを一度見渡すと、やがて覚悟を決めた様子で話し始めた。

「……分かった。実は……俺の妻であるエレミナが、【魔神教団】の神徒に攫われた」

「え⁉　エレミナさんが？」

エレミナさんのことは俺も覚えている。

ランゼさんの奥さんでありながらS級冒険者で、普段は世界中を旅して様々な情報を集めていると……。

しかも、初めて会話した時に【魔神教団】の情報を俺に教えてくれたのだ。

「エレミナは元々旅をするのが好きで、冒険者として活動してる中、俺の……国のために旅の中で得た様々な情報を教えてくれた。そんな中で、【魔神教団】の情報も集めていたんだが……今回はどうやらそれが原因じゃねぇみたいだ」

「え？　【魔神教団】の情報を探ってたから狙われたわけじゃないんですか？」

「もちろん、それも理由としてはあるのかもしれねぇが、どうやら相手は即戦力を求めてるみたいでな。使徒にするための人材を集めているらしい」

「使徒にするためって……で、でも、エレミナさんはそれを承諾するとは思えないんですが……」

「詳しいことは分からねぇが、どうやら向こうには強制的に従わせる何か未知の力があるんだろう。それが洗脳なのか何なのかは分からねぇがな」

「せ、洗脳……」

きゅ、急にヤバい組織感が出てきたな。いや、元々ヤバい組織なのは分かってたけども。

「それに、エレミナが捕まったことや、相手の口ぶりから考えると……他のS級冒険者も捕まってるかもしれねぇ」

「え⁉」

「んな馬鹿な！　あの変態たちが⁉」

アルさん？　驚き方おかしくない？　……俺も信じられないけどさ。

S級冒険者ってエレミナさん以外は深いかかわりがないから分からないけど、ガッスルやエリスさんも元S級冒険者なんだろ？

あの二人クラスの変態が捕まるって……想像できないなぁ。

「じゃ、じゃあ、相手はエレミナさんを戦力として捕まえたってことですか？」

「……いや、一番の狙いはこの国そのものだ」

「⁉」

「奴らは魔神とやらのための戦力として、この国まるまる手に入れるつもりだ。しかも、国という概念は魔神に捧げるとか何とか……」

「……」

【魔神教団】がどんな方法で今ランゼさんが言ったことを実行するのか知らないが、そう告げられたってことは、相手にはそれができる自信があるんだろう。

何ていうか、予想以上に深刻な状況だな……。

「それなら早く阻止《そし》しないと！　さっきの話し合いの中でも出てましたけど、相手の場所は分かってるんですよね？」

「ああ。どうやら俺たちが降伏するのを待ってるようだ。……俺らが力ずくで奪いに向かっても返り討ちにできる何かがあるんだろうな」

「それに、その男が指定した場所が問題でね。【山神の洞窟】って場所なんだけど、『山』がいるから僕らは大々的に兵を率いて向かうわけにはいかないんだ」

詳しい話を聞くと、その場所は『山』と呼ばれる魔物の背中の一部にあるらしい。

人間がその魔物の背中である文字通り『山』に大勢で訪れると、怒って暴れると……面倒な場所を指定したな。そこも含めて相手の策略なんだろう。

ただ……。

「俺たちだけなら……」

「大丈夫だよね！　私たち全員で向かっても六人だし！」

「せ、拙者たちも助太刀いたすぞ？」

「いや、守神さんたちはいろいろあって疲れてるだろうし、ゆっくりしててください」

「それは誠一殿たちも同じだと思うが……」

「ヤイバ、誠一じゃぞ？　大丈夫じゃ」

「ですね」

「どこで納得したの⁉」

俺だから大丈夫なんてことはないよ⁉　ムウちゃんの謎の信頼が怖い！

「と、とにかく！　そんな状況なら今すぐにでも向かいます。ただ俺はその場所が分からないんだけど……」

「安心しろ、オレが知ってる」

アルが力強く頷くので、場所に関しても問題ない。

「それじゃあランゼさん、行ってきます！」

「っ！　……エレミナを……頼む」

ランゼさんは様々な感情が入り混じった表情を浮かべると、そのまま頭を下げるのだった。

『山』の正体

「ここが『山』……」

ランゼさんから正式に頼まれ、すぐに街を出発した俺たち。

初めて『山』という場所に足を踏み入れたのだが、とても魔物の背中とは思えないような、ごく普通の自然にしか見えなかった。

「す、すごいですね……これが魔物の背中だなんて……」

「……ん、驚愕。カイゼル帝国にいた時に聞いたけど、嘘だと思ってた。でも、本当だった」

「まあ普通は信じられねぇよな。オレも全部の姿どころか動いている様子すら見たことねぇが、この『山』や似たような存在の『海』があるからウィンブルグ王国は敵国から侵略されにくいんだ」

話を聞けば聞くほど信じられねぇよな。

アルの解説を聞きながら思わずそう感じていると、隣でサリアが伸びをした。

「んー！　この感じ久しぶりだなぁ！」

「そう言えば【果てなき悲愛の森】を出てからあんまり自然に触れてないもんな」

「うん！　だからこうして木がたくさんある場所に来ると懐かしい気持ちになるんだー」

ダンジョンはともかく、こうして外の世界で自然が多い場所に来るのはバーバドル魔法学園の近くの森以来だ。

今俺たちがいる『山』は、自然が豊かで、木々も青々としている。

もちろん【果てなき悲愛の森】のような禍々《まがまが》しさや、ジャングルのような雰囲気はなく、本当に森林浴を楽しめそうな清々しさを感じる。

「こんなに気持ちいいと――ツイ、野生ニ戻ッチャウネ」

「急に戻らないで⁉」

突然俺の隣でゴリラ状態のサリア――ゴリアになった。

ただ、大自然の中のゴリアはやっぱり似合ってる。似合いすぎている。

「私、キレイ？」

「どういう質問？」

そりゃ綺麗だけど……って何を言わせるんだ。口に出してないけど。

んなアホなやり取りは置いておいて、俺たちはどんどん先へ進む。

サリアがゴリアになったおかげか、魔物は俺たちを見つけるとすぐにどこかへ逃げてしまった。さ、さすが森の帝王……。

魔物の襲撃がないのは予想外だったが、おかげでスムーズに進むことができ、ある程度山を登ったところでアルが立ち止まった。

「見えたぞ。あそこが【山神の洞窟】だ」

そこは大きな崖のような岩肌が露出しており、そこにぽっかりと大きな穴が開いていた。

かなり大層な名前を付けられていたが、特に人の手が入ってる様子もなく、穴の向こうは暗闇となっている。

するとアルがそのことについて解説してくれた。

「名前の由来は分かる通り『山』の背中にある洞窟だから、そう名付けられただけで、それ以外に深い意味はねぇ。ただ、洞窟の中で何か採掘できるのかとか、そう言ったことも含めて謎の場所だ」

「そうなの？」

「国や冒険者としては探索したいところだが、変に刺激してそれが『山』本体を傷つけるようなことになれば、シャレになんねぇしな。だから手を出さねぇようにしてるのさ」

「それじゃあ……この中で戦うのは……」

「かなり気を使うな。特に誠一。いつもみたいにトンデモねぇ力で攻撃したら、その【魔神教団】の男どころか『山』すら危ういからな。気を付けろよ」

どんな注意？　とも思わなくないが、否定できないのでちゃんと肝に銘じます。

そうなると……予想以上に戦いにくいな。

『山』そのものも吹っ飛ばしていいんなら問題ないが、『山』はその存在が国益につながってる部分もあるわけで、『山』ごと吹っ飛ばすわけにはいかない。

相手がどんな力を持ってるか知らないが、困ったな……。

ふと、俺は今自分が踏みしめている地面――『山』を見下ろし、【上級鑑定】のスキルを発動させてみた。


【ダイダラボッチの背骨Lv．？？？】


ダイダラボッチ⁉ え、あの日本の⁉

それよりもここ背骨なの⁉ あ、あの骨が出っ張ってる部分⁉

ツッコみが追い付かないんだが、背中じゃなくて背骨ってことは……どんだけでかいんだ⁉

このウィンブルグ王国で連なる山々が全部合わさってダイダラボッチの背中ってことだろ？

……待てよ？ ってことは――。

「うつ伏せで寝てるの……⁉」

「何ノ話？」

衝撃の事実に俺が驚く中、ゴリアが不思議そうに首をかしげた。

「い、いや……この『山』ってのが何なのか知りたくて、鑑定してみたんだ」

「ああ、できなかったろ？ いろんな国が挑戦したらしいが、デカすぎてスキルが――」

「え、できたけど……」

「なんでだよ⁉」

それは俺が聞きたい。

てか、できないんなら先に言ってほしい。じゃないと俺の求める普通が遠ざかる……！

「ちなみに聞くが、なんて名前なんだ？」

「ダイダラボッチって名前の魔物なんだけど……」

「……聞いたことねぇな」

「……ん。私も」

「わ、私もダンジョンに封印される前も聞いた記憶がないですね……」

「主様、それ、食べれるんですか？」

「食う気⁉」

ダイダラボッチって人型よ⁉　……そうだよね？　この世界では違うんだろうか。

まあルルネのいつも通りの反応はともかく、アルたちでさえ知らない魔物のようだ。

となると、ウィンブルグ王国でも全容を確認したのは本当に昔なんだろうな。

ただ、人間が多く訪れると何かしらのアクションを起こしたから、存在自体は信じられていたと……。

「俺のいた世界に、同じ名前の妖怪って存在がいたんだが、もし同じ存在なら超巨大な人型の何かだと思う」

「マジかよ……てっきり亀とか竜とか、そんな魔物の背中なんだとばかり……」

「アル、背中じゃないよ」

「あ？」

「ここ、背骨らしい」

「…………」

アルだけでなく、全員その言葉に絶句していた。

そりゃそうだよな……。

「うつ伏せとか寝苦しいだろうに……」

「驚いてるとこそこじゃねぇからな⁉　デカさに驚いてんだよ！」

「……ん。でも、誠一お兄ちゃんの言う通り、よく眠れるね」

「あ、頭はどこなんでしょう？　地面に顔を埋めてるんでしょうか……」

「オリガもゾーラも毒されてんじゃねぇ！　んなことどうでもいいだろ⁉　それよりも、そんなとんでもねぇ大きさの魔物が暴れれば……国なんて簡単に滅びるぞ！」

アルの言う通り、予想以上の大きさを誇《ほこ》るダイダラボッチが起きるとすれば、今俺たちがいる『山』どころか、ウィンブルグ王国の山々すべてが起き上がるってことだろ？　ちょっとシャレにならん。

いつもみたいに力だけで押し通すと大変なことになりそうだ。

「……ん。相手がどこまで考えてたか知らないけど、誠一お兄ちゃんにとっては不便な場所」

「主様の障害となるなら消し飛ばせばよいだろう？」

「……食いしん坊のバカ」

「何故だ⁉」

吹っ飛ばしたらダイダラボッチが起きるからだよ。そもそもダイダラボッチに被害がないようにって考えてるのに。

ルルネの脳筋《のうきん》すぎる発言に頭を押さえながらも、気を取り直して洞窟を見つめた。

「正直、鑑定しなけりゃよかったたって思ったけど……仕方ない。早くエレミナさんを助けないといけないし……用心しながら行こう」

俺の言葉に全員頷くと、そのまま洞窟へと入った。

ちなみにだが、森から洞窟に入るということで、サリアは人間の姿に戻っている。もう森の中じゃないかららしいが……野生の感覚はよく分からん。

「ここはダンジョンじゃねぇから、本来は罠の心配はねぇが……相手がこの場所を指定してる以上、それも頭に入れとけよ」

アルの忠告を聞きつつ、俺たちは洞窟を進んでいく。

中はやはりというか、光源の一つも存在しないため暗かったが、俺たち全員特にそのことを気にすることはない。

アルやオリガちゃんは冒険者時代などで身に付けたであろうスキルで闇夜でも目がきき、サリアとルルネは動物由来の目の良さなのか、特に問題なさそうだ。果たしてゴリラとロバが夜目がきくのかは知らないけどさ。

意外だったのはゾーラで、サリアたちと同じで夜目がきくのかと思ったが、どうやら違う方法で周囲を把握《はあく》していた。

「え、えっと……私、他の人とは違って、周囲の温度を目で見ることができるんです。それに、体内から自然と溢れ出る魔力を周囲に広げることで、周辺の環境も把握できて……」

そう言えば、蛇って温度を感知する器官があるって聞いたことがあるなぁ。ゾーラも蛇に関する種族だし、同じような能力が備わっているんだろう。

俺自身は【世界眼】のおかげか、洞窟内も普通の視野で過ごすことができていた。

洞窟内を警戒しながら進んでいると、アルが首をかしげる。

「妙だな。てっきり罠の一つか二つくらいは仕掛けてくるかと思ったが……そんな気配もねえ」

「うーん……魔物の気配もしないねー。本当にただの洞窟みたい」

アルとサリアの言う通り、進めども特に危険な要素はない。

一つ言うなら足場が少し悪いかな？　ってくらいだ。

「……ん。特別な鉱石もなさそう」

「まあ貴重なもんがこの場所にあっても採掘しにくいし、それはそれでよかったんじゃねぇか？」

「元々背骨の一部だしね」

「……それ、いまだに信じられねぇんだが……背中の上に森ってだけでもわけ分かんねぇ魔物だとは昔から思ってたが、背骨とかもっと意味が分からねぇだろ……」

「成長期で伸びた可能性も……」

「どんな可能性だよ」

俺もよく分からんが、もしかしたらアルの言う通り、昔は本当に背中が森になっていたけど、人間みたいに成長期で急成長した結果、背中から背骨の一部が森になった可能性も――ないな。たぶん。

そんなこんなで先に進んでいくと、やがて広い空間にたどり着いた。

「ここは……」

「――ほう？　見知らぬ客人が来たな」

「！」

周囲を見渡していると、不意に俺たちに声がかけられる。

全員その声に反応して戦闘態勢をとると、洞窟の奥地から一人の男が姿を現した。

男はフードで完全に顔を隠したローブ姿で、こいつがフロリオさんたちが言っていた謎の男であり、【魔神教団】の神徒なんだろう。

ただ、それとは別に、俺はあることに愕然としていた。

「てっきり【剣騎士】か【黒の聖騎士】あたりが来てくれるかと思ったが……がっかりだな」

「……」

「ウィンブルグ王国は事態を軽く見ているのかね？　ここで様子見の冒険者をいくら送ってこようが、結果は変わらぬというのに……」

「……」

「？　さっきから黙っているが、何か言ったら――――」

「――被った……！」

「…………は？」

俺の言葉に、相手の男だけでなく、サリアたちも首をかしげるが……俺はそれどころじゃない。

「なんでローブ姿なんだよ！　俺と被るじゃねぇか！」

「どこにキレてるんだよ!?」

「こんなお揃い嫌だあああああ！」

「お前黙っとけ」

いや、アルさん。そう言いますがね、俺のアイデンティティと言いますか、何と言いますか……。

アルにどう説明しようか考えていると、俺の反応に呆気に取られていた相手の男が苛立《いらだ》たし気に口を開く。

「……どうやら状況を正しく理解できていないみたいだな。貴様らはこの地に何をしに来たんだ？」

「そりゃもちろん、エレミナさんを助けるために来たんだよ」

「フン。ウィンブルグ王国の質も落ちたな。こんな訳の分からん人間どもを寄越すとは……『雷女帝』は諦めたのかね？」

「何？」

男はそう言いながら指を鳴らすと、奥から人の影が何人か集まってくるのが見えた。

それはてっきり【魔神教団】の使徒たちかと身構えていたのだが——。

「え……？」

「嘘だろ⁉」

なんと、奥から現れたのは、どこか虚ろな表情を浮かべた冒険者らしき人物たちだった。

そこには目的のエレミナさんの姿はないが、その中に一人だけ見知った顔を見つける。

「あれは……ガルガンドさん⁉」

なんと、洞窟の奥地からやって来た冒険者の一人に、S級冒険者のガルガンドさんの姿が！

そのことに驚いていると、アルがすさまじい形相で相手を睨《にら》みつつ、続ける。

「……ガルガンドだけじゃねぇ。そこにいるのは全員、S級冒険者たちだ」

「そんな⁉」

「テメェ……！　こいつらに……ネムに何しやがった……！」

どうやらS級冒険者の中に、アルの知り合いがいたらしく、アルは今まで見たことないような怒りを爆発させていた。

そう言えば、アルがまだ不幸体質だった時、知り合いの結界があるおかげで、テルベールでは普通に過ごすことができてるって言ってたな……。

その結界を張った人物が、S級冒険者のネムさんという方なんだろう。

ただし、今はそのS級冒険者は全員操られたような状態で、それぞれの表情に感情が見えない。

「なんだ、ウィンブルグ国王から話を聞いていないのか？　我々は戦力を求めていると。ここにいるのはその戦力となった駒だよ」

「駒だと⁉」

「ああ。その証拠に――――ほら」

「！」

男が両手を広げると、洞窟の奥地から次々と同じS級冒険者たちが姿を現した！

「ど、どうなってるんだ⁉ 同じ人間がこんなに⁉」

「誠一！ ここにいる人、全員普通じゃないよ！」

「え？」

「何て言ったらいいのかな……ルーティアちゃんのお父さん、ゼファルさんは体は本人の物で、精神が別の存在になってたけど、ここにいるのは全部偽者！ それどころか、生命力すら感じ取れない……」

「言われてみれば……」

俺は冥界でゼアノスたちと修業したことで、そこにいた悪霊を退治するために生命力を感じ取ったり、操ったりする術を学んだ。

そんな俺から見ても、目の前のS級冒険者の集団からは生命力が感じられないのだ。

そしてそれは、謎の男にも言える。

「お前も偽者か」

「！ ……どうやら気付いたようだな。だが安心したまえ。私は、約束は守るとも。この状況を切り抜けられるのなら、『雷女帝』は帰してやるさ――――生きていれば、だがね」

「テメエ……！ 待ちやがれ！」

謎の男はそれだけ言うと、そのまま闇に溶けるようにして消えてしまう。

アルはすぐにでも男をとらえようとしたが、その前に偽者のS級冒険者たちが行く手を阻《はば》んだため、逃げられてしまった。

「クソっ！　アイツ、どこに行きやがった⁉　このままじゃ……」

「アル、落ち着いて。どうやらあの男、まだこの洞窟にいるみたいだよ」

「え？」

「サリアに言われて生命力の感知をしてみたんだけど、この洞窟の奥に二つ、気配を感じ取れたんだ。多分だけど、さっきの男の本体とエレミナさんだと思う」

「そうか……ならさっさとこいつらをどうにかしねぇとな……！」

幸いこのS級冒険者たちは偽者みたいなので、倒すことを躊躇《ためら》う必要はない。

だが――――。

「おらっ！　吹っ飛びやがれ……！」

『……』

「何⁉」

アルが全力で斧《おの》を振りぬくと、魔族の男性らしきS級冒険者はその攻撃を簡単に受け止めてしまった。

それどころか……。

「！　……この人たち、強い」

「う、動きが速すぎて、目で追えません！」

オリガちゃんとゾーラは巨大なアフロの男性や、どこか貴公子っぽい雰囲気の女性の攻撃で、苦戦を強いられている。

てか、あのアフロどうなってんだ？　オリガちゃんがクナイを投げるたびにあのアフロに吸収されていってるんだが……。

他にも様々な特徴を持ったS級冒険者たちは、その実力を遺憾なく発揮してきた。

「こいつら、偽者のくせに実力はそのまんまかよ!?」

「それなら、本気でも大丈夫そうだね！　――エイ」

『!?』

アルの言葉にサリアは笑うと、本日二度目のゴリアに変身し、近づいてきたS級冒険者を殴り飛ばした。

その威力はすさまじく、一人だけでなく数人まとめて消し飛ばす。

「面倒だな。消えろ」

ルルネも軽くS級冒険者を蹴《け》り抜くと、その余波だけで何人も消滅させていた。

「俺が戦うと洞窟が崩れそうだけど……」

まあ洞窟が崩れても何とかなると思うが、まだエレミナさんを救出できていないし、ダイダラボッチがどう反応するのかも分からない。

とはいえ、このままサリアたちに戦いを任せるわけにはいかないし、早く助けに行かなきゃいけないので、俺は【慈愛溢れる細剣《ホワイト》】を抜いた。

「みんな！　俺が合図を出したらしゃがんでくれ！」

「！　分かった！」

「それじゃあ……今だ！」

『!?』

全員から返事がきたことで、俺は全力で手加減しつつ、円を描くように回転しながら剣を振り抜いた。

すると最大限力を制御したにもかかわらず、とんでもない規模の斬撃《ざんげき》が放たれる。

それは俺を中心に周囲に向かって飛んでいくと、そのまますべてのS級冒険者たちが消滅するのだった。

「……いや、多少は減らせればいいなとは思ったけど、全部消えるとは……」

「相変わらず無茶苦茶だな、お前」

それと、不思議なことに、俺の斬撃が洞窟の壁に当たりそうになると、まるで粘土のようにその場所が蠢《うごめ》いて、そのまま斬撃を自動で避けてくれたのだ。

世界の忖度がすごい。

「と、とにかく！　急いでエレミナさんの下に向かおう！」

俺は誤魔化《ごまか》すようにそう口にしながら、全員で洞窟の奥へと向かうのだった。

最強の敵？


走って洞窟の奥まで向かっていると、途中で偽者のS級冒険者たちが再度襲い掛かってきたが、それらを蹴散らしながら突き進む。

……この偽者、アルが言うには実力は本物と何も変わらないみたいだけど、やっぱりS級冒険者はその変態性含めての強さだと思うんだ。まあエレミナさんとガルガンドさん以外はS級冒険者がどんな人たちなのかは知らないんだけどさ。

でもガッスルやエリスさんと同じって考えれば普通なわけないよね。

そんなことを考えながら進んでいくと、ついに洞窟の最奥までやって来た。

そこには壁に鎖で磔《はりつけ》にされたエレミナさんと謎の男がいる。

謎の男は俺たちの存在に気付くと、目を見開いた。

「馬鹿な⁉　あの数のS級冒険者をどうやって⁉」

「残念だけど、あれじゃあ俺たちは止められないよ」

もし本物の変態集団だったらどうなるかと思ったけどね！

偽者なら怖くない。

何とかたどり着いた俺たちに、壁に拘束されていたエレミナさんが気付いた。

「！　誠一、君？」

「はい！　ランゼさんの要請で助けに来ました！」

「ダメ……逃げて……この人には、絶対勝てない……」

「え？」

エレミナさんのその言葉に首をひねると、謎の男は笑みを浮かべた。

「フ……フフフ。その通りだ。まさかS級冒険者どもを倒してここまで来るとは予想していなかったが……どうなろうと結末は変わらん。貴様らの敗北というな」

「なんだと？」

「そう言えば、貴様らにはまだ名乗っていなかったな。私は《鏡変》のゲンペル。【魔神教団】の神徒だ」

謎の男――ゲンペルはそう言いながら恭《うやうや》しくお辞儀をする。

そして、顔を上げると怪しく笑った。

「誰に駒にされるのかくらいは知っておきたいだろう？　覚えておきたまえ。まあ……すぐに忘れるがね」

「さっきから聞いてりゃ……状況分かってんのか？　お前の用意したS級冒険者の偽者はオレたちにゃあ通じねぇ。見たところお前自身強くもなさそうだし、どうするつもりだ？」

アルはゲンペルの小馬鹿にしたような態度にキレつつ、そう告げる。

一応ゲンペルを鑑定してみたが、不思議なことにゲンペルにはステータスが存在しなかった。

それはまるで、この星の住人ではないというか、この星のシステム外の存在というか、とにかくステータスという概念がない場所からやって来たみたいだ。

なので正確なことは分からないが、アルの言葉にサリアたちも頷いているので、ゲンペル自身は強くないのだろう。

俺は何でそれが分からないのかって？

……ゼアノスたちのおかげで気配察知的なものは学べたけど、さすがにそれが強いかどうかは分からんよ。達人じゃないんだもん。

そう考えると達人ってすごいよな。一目見ただけで彼我《ひが》の戦力差が分かるわけだし。

ともかく、アルの言葉通りならゲンペルにとっては絶体絶命のはずだ。

だが、ゲンペルは特に焦る様子を見せるどころか、さらに嘲笑う。

「ハッ！　何を言っている？　私の駒の一部を倒しただけでいい気になるな。貴様らがあの駒で倒せなかったのなら、新たな駒を用意すればいい」

「新たな駒だと？」

「そう、こんな風にね――――」

「な――――⁉」

ゲンペルが指を鳴らすと、ゲンペルの背後にいくつかの闇が集まり、それが徐々に人の形を形成していく。

燃えるような赤い髪と赤い瞳《ひとみ》のすごいイケメン。

銀髪に褐色肌のすごいイケメン。

茶色の長髪を後ろで結わえたすごいイケメン。

黒髪黒目の猫の獣人らしきすごく可愛《かわい》らしい男の子。

蛇の髪を持った、眼鏡姿のすごいイケメン。

そう、それはまるでサリアたちがそのまま男性化したような存在がそのまま生み出されたのだ……！

「なんだコイツら⁉」

「なんか私たちにそっくりだねー」

「……ん、でも変。私たちは誰もアイツに捕まってないし、洗脳もされてない。なのに何で……」

「わ、私が男性になるとあんな風になるんでしょうか……？」

「なんだ？　あの男。不愉快だな」

それぞれが目の前のイケメンたちに反応していると、ゲンペルは高らかに笑う。

「フハハハハ！　私がいつ洗脳しないと駒にできないと口にしたかな？　私はただ、その存在を認識するだけで、自由にその者たちと全く同じスペックの駒を生み出すことができるのだよ。

しかも、生み出した存在の性別も自由に変えられる……こんな風にな」

「へ⁉」

ゲンペルがもう一度指を鳴らすと、そこには進化後の俺の姿がそのまま女性になったような女の子が現れた！

そしてサリアたちの男性版はそれぞれ相対するように行く手を阻み、俺の前には自分の女性版の姿が。

「さあ、どうかね？　ただ己と戦うだけでは芸がない。だが、こうして性別を変えてしまえば話は変わる。女が相手であれば、同じレベルならば腕力では男の方が勝り、男が相手ならば外道でない限り女に手をあげられん……フフフ、まさに完璧《かんぺき》だ！　この力を前には誰も敵わぬ！」

「みんな……逃げ、て……！」

エレミナさんが必死にそう絞り出した瞬間、ゲンペルは顔を輝かせた。

「逃がすはずないだろう⁉　行け！」

『──！』

「くっ⁉」

サリアたちはそれぞれの異性バージョンを相手に戦うことになり、拳や武器がぶつかり合う。

「はあっ！」

『────！』

「クソッたれ！　全く同じ力量、おんなじ癖、完全にこっちの動きを理解した攻撃をしてきやがる！」

ゲンペルの言っていた通り、同じレベルやスキル構成だが、そこに性差という人体の差をつけたことにより、皆微かに押されていた。

だが、女性ならではのしなやかさやスピードは相手にはないため、そこでなんとか拮抗した戦いを見せている。

本当なら俺が今すぐにでも助けに行きたいが、目の前の俺の女性版が襲い掛かってくる可能性があるため、うかつに動けなかった。

だが────。

「？　どうした、何故動かん！　今すぐその男を倒せ！」

何故か、俺の女性版はその場から動くことはなかった。

そして────。

「────なんで私がアンタの言うこと聞かなきゃいけないのよ」

「な⁉」

呆れ返った様子で女性版の俺はゲンペルに向き直るとそう口にしたのだ。

「な、何が起きている⁉　どうして私の命令が……！」

「だから、アンタの命令を私が聞くわけないでしょ？　聞く義理もないし」

「へ⁉」

完全に予想外だったようで、女性版の俺の言葉に対し、ゲンペルはただただ呆気にとられる。

それは俺も同じで、俺もサリアたちと同じく戦うもんだと思っていたので何とも言えない表情を浮かべることになった。

すると、そんな俺の様子に気付き、女性版の俺は苦笑いを浮かべる。

「何もそんな驚く必要ある？　だってオリジナルは貴方なのよ？　それが普通にコピーされるわけないじゃない」

「いや、どこに納得する要素が⁉」

オリジナルが俺であることと普通にコピーされないことは何の繋がりもないですからね！

……たぶん！

「まあなんだっていいわ。それよりもあの連中を片付けるわね」

「え」

女性版の俺が軽く腕を振るった瞬間、サリアたちの男版はそのまま消し飛んだ！

どうやって消し飛ばしたかといえば、人数分の斬撃を素手から放ち、それを的確にサリアたちの男版にぶつけたのだ。

たぶん他の皆はちゃんと認識できていなかっただろうが、俺にははっきりと見えている。

……これ、俺の女性版ってことは、俺もスキルなしで素手から斬撃出せるの？　試したことなかったけど……できそうだなぁ。

まあ陸地や海を従えるよりは現実味があるよね！

「な、何が……」

「すごーい！　誠一は女の子になっても誠一なんだね！」

そんなサリアの純粋な言葉に女性版の俺は優しい笑みを浮かべると、いつの間にか女性版の俺の体が消えていく。

「ど、どうした⁉」

「どうしたって……ただ消えるのよ。所詮私はコピーだし、別にこの世界には興味ないから。ま、貴方のおかげで私が生まれたんだし、何か用事があればまた来るわね」

「そんなコンビニ感覚で⁉」

やけにあっさりとそう告げると、そのまま女性版の俺は消えてしまった。

呆然とその様子を眺めていると、同じくこの状況を理解できていないゲンペルが正気に返った。

「はっ⁉　ま、まさか私の能力に支障が出るとは……だが、今のは変に性別を弄ったから起きた事故だ。ならば、普通に生み出せば話は変わる！」

「まさか⁉」

ゲンペルは懐から何かを取り出すと、そのまま地面に叩きつける。

その瞬間、周囲に煙が充満し、視界が悪くなった。

「ごほっ、ごほっ！　な、なんだこの煙⁉」

「……ん。スキルが妨害される」

「わ、私の熱源感知も魔力感知も機能しません！」

ゲンペルの使った煙幕は普通の煙幕ではなかったようで、アルたちはスキルなどが正常に発動しなかった。

ただ……おかしいな。俺は普通に皆が見えるぞ。

ゲンペルのアイテムがスキルを阻害するんだったら、俺もそれの影響を受けるはずなんだが……。

ただ、ゲンペルは煙幕を使った瞬間どこかに移動したみたいで、ぱっと見た感じ見当たらない。

それなら生命力感知や気配察知で探すかと考えたところで煙が晴れた。

そして――――。

「なっ⁉」

「……誠一お兄ちゃんが二人？」

「え」

オリガちゃんの言葉に反応し、慌ててその方向に視線を向けると、そこには俺と同じように驚いている俺の姿が！

するとゲンペルは俺たちから少し離れた位置に現れ、笑みを浮かべる。

「ククク……さあ、どうする？　今回の駒は一味違う。その性格もしゃべり方もすべて完璧にコピーしたのだ。これならどっちが本物か分かるまい！」

「しまった……！」

確かに、これだとサリアたちからすればどっちが本物か分からないだろう。

しかも、先ほどのサリアたちの男版と違い、こちらには感情らしきものまで搭載されているようだ。

……俺の女性版はイレギュラーとして感情やらをすでに備えていたけどさ。

それはともかく、俺からすればアイツが偽者で、倒そうとしても実力は同じって言うし……

あれ、そうなると、俺たちが戦うとどうなるんだ？

もし本当に俺と全く同じ実力なら、戦いに決着がつく気がしない。

となると、サリアたちに信じてもらえるかどうかの精神的勝負になるんだが……。

俺と偽者は不意に視線がぶつかると、同時に口を開いた。

「俺が本物だ！」

「俺が偽者だ！」

「……え？」

俺は思わず偽者を二度見した。

あの……俺の偽者さん、自分で偽者って言ったぞ？

もしや、これは心理戦か⁉

思わずそう勘ぐってしまったが、ゲンペルの様子を見て、どうやら違うことに気付いた。

「な、何故だ⁉　何故自分から偽者だと⁉」

すると偽者の俺は呆れた様子で続ける。

「お前、女性版の俺を作っといてまだ分かんねぇの？　俺をそのまま生み出したらそりゃあ本物の味方をするに決まってるじゃん」

「何⁉」

「もし俺と同じように自我があって、向こうが偽者でこっちが本物だったとしたら、向こうも同じことすると思うぞ。だろ？」

そ、そんな急にだろ？　って言われてもだな……。

偽者の俺にそう言われた俺は、その状況を想像してみる。

「あー……確かに俺だったら言うなぁ」

「な。だって迷惑かけたくねぇし」

まさにその通りだと偽者の言葉に頷いていると、ゲンペルは焦った様子を見せる。

「な、何故だ⁉　私が生み出した以上、偽者であっても本物と思い込んだうえでの自我を持つはずだ！　それなのに……」

「あのなぁ、俺のオリジナルを完璧にコピーするなんて無理なんだよ。だから俺と本物じゃ戦っても結果は向こうの勝ちだ。てか勝てねぇし、コピーされた俺たちは自分が本物だと思い込むこともない。そういう風になってるんだ。お前がどれだけ言葉遊びをしても、結果は変わんねぇよ」

「そ、そんな……」

「それに、サリアたちなら最初から気付いていただろうしな」

偽者の俺がそういうと、サリアは元気よく頷いた。

「うん！　誠一を間違えるわけないもん！」

「サリア……」

「ま、そういうこと。てなわけで、ここらで俺とお前は退場しようか？」

「な⁉」

偽者の俺はそういうと……ってちょっと待った。

「さっきから偽者の俺とか長いし言いにくいんだが、どうしたらいい？」

「確かに。それじゃあ名前つけるかー」

「うーん、俺が誠一だし、誠二《せいじ》とかは？」

「お、いいじゃん。じゃあ短い間だけど、俺は誠二な。よろしく」

「よろしくー」

「お前らマイペースすぎるだろ⁉」

偽者の俺……改め誠二とそんな会話をしていると、アルにそうツッコまれた。

いや……性格自体は同じなわけだし、話というかテンポが合うのよ。もし兄弟や双子がいたらこんな感じだったのかね？

誠二も同じことを思っていたようで、目が合うとつい笑った。

「……おかしい。絶対にシリアスな場面だったはずなのに、一気に緩《ゆる》みやがった……！」

「誠一だからねー」

「主様が二人……い、いえ！　もちろんどちらが本物か分かりますよ？　ええ！」

「『ルルネは分かってないだろ』」

「二人から言われた⁉」

思わず気の抜けたやり取りをしていると、すっかり放置していたゲンペルがわなわなと震える。

「ふざけるな……この私を無視するなああああああああああ！」

「『うお⁉　びっくりしたあ』」

全く同じ反応でゲンペルの叫び声に驚くと、ゲンペルは顔を真っ赤にする。

「もういい。本来ならば貴様らを捕獲し、永遠に駒を生み出すための機械として……そして、本物は完全に洗脳したうえでまた使ってやろうと思ったが、もうやめだ。貴様らはここで始末する。私の命令を聞かぬ駒など、消えるがいい……！」

ゲンペルはそう叫びながら手を広げると、洞窟内を埋め尽くす勢いで様々な人間が現れた。

それはS級冒険者たちだけでなく、いつぞやのダンジョンで出会ったデストラや、ルーティアを『良くなれ』で治した時に【魔神教団】の使徒たちを連れ去った謎の男、それにルルネたちが倒した《共鳴》という異名の……確かヴィトール？　とかってヤツなど、本当に様々な人間たちが出現した。

「貴様らがどれだけ強かろうと、この数、この戦力に勝てるわけがない！　死ねぇ！」

一斉にして襲い掛かるそんな人間たちを前に、俺と誠二は自然と顔を見合わせて笑う。

「まあひとまず……」

「片付けますか！」

そういうと、俺たちはサリアたちを庇いつつ、襲ってくる連中とぶつかるのだった。

進撃の誠一

俺と誠二に襲い掛かるゲンペルの駒たち。

それを迎え撃つべく二人で戦闘態勢に入ると――――。

『……』

「「……あれ？」」

なんと、その駒たちが戦う寸前で動きを止めた。

「お、おい⁉　どうした⁉　早くそいつらを始末しろ！」

『……』

この状況はまたもゲンペルにとって予想外らしく、焦った様子を見せる。

そして――――。

「な、なんだ？　何故私を見る⁉　て、敵は向こうだ！　お、おい、やめろ！　近づくな！」

「「えっと……これは……」」

なんだか見覚えがある光景に俺と誠二は困惑する。

それはまるで、バーバドル魔法学園の対抗戦で、Sクラスの先生と戦った際、相手の放った魔法がそのまま相手に返っていった時とまんま同じ状況だった。

つまり……。

「ま、まさか……そ、そんなはずはない……あり得ない、あり得ないぞ！　私の力が何度も――」

『――――！』

「く、来るなああああああああああああああああ！」

ゲンペルが生み出した駒たちは、一斉にゲンペルへと襲い掛かった！

自身の駒を消そうとしているのか必死に腕を振り回し、逃げようとするゲンペルだったが、アルがゲンペル自身は戦闘力がないと言っていた通り全く戦えておらず、もうこれ以上ないほどボッコボコにされている。

俺と誠二だけでなく、サリアたちまでその光景に唖然としていると、一人一人の駒がこちらを振り向き、サムズアップをした。

「や、やめ――ぼぎゃぐげりゅへぼらおえべあいじぇけが!?」

もはや人間の言葉とは思えないような悲鳴が響き渡る。

その様子はまるで餌に群がる虫を見ている気分だった。

……というより、俺と誠二のやる気はどうしたらいいの？

せっかく二人で共同戦線だ！　って展開だったのに、戦うことすらできなかったんですけど……。

俺も誠二も戦う必要がなくなったことで、戦闘態勢を解除すると、やがて駒は徐々に消えていき、最後にはぼろ雑巾のように転がったゲンペルだけが残された。

「あ……あが……ど……どう……ぢで……」

「……よーし、エレミナさんを解放して帰るかー！」

「そうしよう！」

俺と誠二はお互いに頷きあうとゲンペルを無視してエレミナさんの下に向かうのだった。

◆　◆　◆

「ま、まさかアイツを倒すなんて……」

エレミナさんを解放すると、いまだに信じられないといった様子で呟く。

拘束されている時はボロボロに傷ついていたので、そこは解放すると同時に回復もした。

するとエレミナさんの言葉に対し、アルがため息をつきながら答える。

「こんなことでいちいち驚いていたら身がもちませんよ。誠一と一緒にいるなら……」

「ええ……？」

「本来裏切るはずのない自分の偽者が自我を持った状態で裏切るだけでもわけ分からないんですから……いや、自分で言ってて信じられねぇな……」

「アル、大丈夫。俺もわけが分からないから」

「それが一番納得できねぇんだよ！」

ですよねー。

俺と誠二がそろって苦笑いを浮かべていると、アルがゲンペルを拘束し終える。

「まあいい。エレミナ様の救助も完了し、今回の事件の元凶であるこいつも回収できた。ここは一度王都に帰ろうと思うのですが、大丈夫ですか？」

アルがそうエレミナさんに訊くと、エレミナさんは苦々しい表情を浮かべる。

「……残念だけど、今の私じゃ足手まといになるしね。せっかく敵の本拠地を突き止めたのに……」

「え？」

エレミナさんの言葉に俺たちは全員目を見開いた。

「も、もしかして、エレミナさん、【魔神教団】のアジトが分かったんですか⁉」

「ええ。実はそのことを伝えるためにウィンブルグ王国まで帰って来てたんだけど……その途中でアイツに遭遇《そうぐう》しちゃって……結果、捕まってしまったのよ。だから、本当にありがとう」

「い、いえ！　とにかく、解放できてよかったです。それでその……【魔神教団】のアジトが分かったって言ってましたけど、どこに？」

「誠一？　もしかしてだが……」

俺がエレミナさんに質問すると、何かに気付いた様子でアルが目を見開く。

「うん。たぶんアルが想像してる通り、せっかくだから【魔神教団】のアジトに行こうかなって……」

「そんな気軽に⁉　敵の本拠地だぞ⁉」

「それは分かってるけど、そのアジトには本物のS級冒険者の皆さんがまだ捕まったままだし、何よりこのまま放置しておくわけにはいかない。だから、ここで決着を付けようと思うんだ」

「そ、そりゃそうだが……相手は神だぞ？　勝てるのか？」

そう言われると全く自信はないが、いつかは戦う必要がある。

それならまだ完全復活する前に戦った方がいいだろうし、S級冒険者以外にも捕まっている人がいるかもしれない。

そんなことを考えていると、エレミナさんは険しい表情を浮かべる。

「……確かに誠一君は規格外な存在だけど、さすがに相手が悪すぎるわ」

「分かってます。だから、倒せそうなら倒しますけど、一番の目的は捕まってるS級冒険者たちの救出です。なので……」

「……はぁ。分かったわ。場所は教えるけど、そこに行くのは不可能よ」

「不可能？」

エレミナさんは最終的に大きなため息をつくと、すぐに真剣な表情に変わり、教えてくれた。

「【魔神教団】のアジトがある場所は、とあるダンジョンなの」

それは以前、ゾーラのいたダンジョンを踏破した際、羊から教えてもらったので覚えている。

だが、その時は羊が言うにはこの世界とは別の空間に切り離されたため、羊も場所を把握できていないし、そもそも羊の制限として教えてもらうこともできなかった。

だが……。

「でも、普通のダンジョンとは違って、魔神が封印されているダンジョンはこの世界にないの。どうやら別の空間に隔離されているみたいで、とある場所に存在する魔法陣を使う必要があるみたいなの」

「とある場所？」

「――――【冥界】よ」

『!?』

まさかの場所に俺たちは目を見開いた。

その様子に、エレミナさんはため息をつく。

「無理もないわ。冥界……つまり、死なないとそこに行けないんだもの。そんな場所
――――」

「えっと……」

「……おい、誠一？」

「さすが主様ですね！　この状況を見越していたとは！」

エレミナさんの言葉にどう反応していいのか分からず、困惑していると、アルはジト目を俺に向けてきた。

すると俺たちの様子がおかしいことに気付いたエレミナさんが首をかしげる。

「？　いったいどうしたの？」

「そ、その……冥界なんですけど……多分、行けますよ？」

「なんで⁉」

な、何ででしょうね。俺が聞きたいくらいです。

「い、行けるって……冥界よ⁉　もしかしてだけど、死ぬとか言うんじゃないでしょうね？」

「は、はい。そうじゃなくて、普通に行けるなぁと……」

「普通に行けるって何⁉」

俺の普通が普通じゃない。おかしい……俺が求めてる普通とは違うぞ……？

それはともかく、冥界から出る時に冥界自身が入場制限を厳しくしたって言ってたことが気になるな。

転移魔法や西の果てに存在する門から生者が冥界に行くのはできなくなるって言われたが……。

……変だな。やってみたら転移魔法でも西の果ての門からでも行けそう。まあ今回に限ってはありがたいけどさ。

「と、とにかく、冥界に関しては任せてください！　一度行ってるので！」

「一度逝ってるの⁉　え、大丈夫⁉」

「？　大丈夫ですよ？」

「……すごいわ。誠一君は死んでもなお生き返るのね……」

いや、その、死んだわけではなく……強制的に転移させられたといいますか……。

「本当ならいろいろ聞きたいところだけど、ひとまず冥界に行けるって前提で進めるわね。冥界内部のことまではさすがに調べられなかったけど、冥界のどこかに魔神が封印されてるダンジョンへ続く魔法陣が設置されてるみたいなの。それを使えば、アジトに侵入できるはずよ」

「なるほど……」

「それで、どうするのかしら？　本当に行くの？」

「……そうですね。ただ、そんな危険な場所なら俺一人で――」

「もちろん、私も行くよ！」

「え？」

隣で元気よく手を挙げるサリアに、俺は目を見開く。

すると、サリアだけでなくアルたちも手を挙げた。

「当然、オレもついていくぜ」

「……ん。みんな一緒」

「わ、私がどこまで力になれるか分かりませんが……それでも誠一さんの役に立ちたいんです！」

「主様。私は主様の騎士です。どこまでもついていきましょう！」

「……食いしん坊が……騎士……？」

「何が言いたい、オリガ！」

いや、オリガちゃんの反応が正しいと思う。普段の行いを見つめなおしてほしい。

そんなことよりも、全員俺についてくるというのだ。

「で、でも、今から向かう先は冥界だし、何より敵の本拠地なんだぞ？　そんな危険な場所に……」

「誠一。私は【果てなき悲愛の森】の時からずっと一緒に過ごしてきたし、これからも一緒。それに、今までも危険なことは一緒に乗り越えたし、どんなことがあっても誠一がいれば大丈夫だよ！」

「お、俺がいれば大丈夫って……」

最近は世界の忖度がすさまじいからよく分からんが、本当に俺がいるだけで無事である保証はない。

だが、そうやって信頼してくれる以上、俺はその気持ちに全力で答えるつもりだ。

アルたちを見渡すと、全員真剣な表情で頷く。

「……分かった。エレミナさん、俺たち全員で向かおうと思います」

「……情けないわね。本当ならS級冒険者として力を貸したいところだけど、私では何もできそうにないわ……それでも私は私にできることを少しでも探すわ」

エレミナさんも俺の言葉を受け、覚悟を決めた様子だった。

「よし！【魔神教団】のアジトに乗り込む前に、エレミナさんを送り届けないと……」

「あ、それならその役目は俺が引き受けようか？」

「え？」

すると今まで黙って成り行きを見守っていた誠二が手を上げる。

「本当ならあのゲンペルってヤツを誠一と俺で倒すつもりだったけど、それもなくなっちゃったから暇なのよね」

「暇なの!? そ、その、コピーとして生み出されたわけだし、消えたりとかは？」

「あー……大丈夫っぽい」

「どうなってんだ？ 俺の体は……」

「そりゃ俺が聞きたい。でも、送り届けるまで消える心配もないし、何なら俺の意思で消えられそうだ」

なんで敵の能力で生み出された誠二が、そんなに自由に動けるのか不思議だ。

まあ他のコピーされた人たちは倒されたり、勝手に消えたりしてたから、誠二だけが普通じやないんだろうな。……いや、女性版の俺もか。

結局俺のコピーがおかしいってことですね！

「ま、まあいいや。大丈夫そうならお願いしてもいい？」

「おう、任せてくれ！　誠一には及ばねぇが、まあ【魔神教団】の神徒や使徒なら襲われても大丈夫だと思うわ」

スペック自体は俺の体を元にしているし、そこは大丈夫……なのだろう。

ひとまずエレミナさんを誠二に任せることに決めた俺は、サリアたちに向き直る。

「よし、それじゃあ……行くか。【魔神教団】の本拠地に！」

ついに、俺たちは【魔神教団】の本拠地に向けて出発するのだった。

誠二のこれから

「――――アナタ！」

「エレミナ……！」

誠一たちが冥界へ旅立った頃、誠二はエレミナと拘束したゲンペルを連れ、テルベールまで戻った。

無事に帰って来たエレミナに対し、ランゼは急いで駆け寄ると、そのまま抱きしめる。

「よかった……本当によかった……！」

「ごめんなさい、心配をかけて……」

「いや、いいんだ。お前が無事ならそれで……！」

誠二はランゼとエレミナが再会を喜ぶ様子を優しい表情で見つめた。

フロリオも安心した様子で息をつきながら、二人の様子を見つめる。

しばらく抱き合っていた二人だったが、やがてランゼが誠二の存在に気付き、恥ずかしそうに笑った。

「す、すまねぇ……つい、嬉しくてな……」

「いえ、大丈夫ですよ。俺もちゃんと送り届けられてよかったです！」

何てことなさそうに笑う誠二に対し、ランゼは首を振る。

「……いや。今回は本当に助かった。お前には、常に助けられっぱなしだな……何か一つでもお前に恩返しができればいいんだが……何も思いつかねぇ」

「そんな！　別にそういうのを求めてたわけじゃないですし、気にしないでください。ただ助けたかったから、助けただけですよ」

何てことなさそうにそう告げる誠二だが、それが難しいことはランゼにはよく分かっていた。国王という立場だからこそ、爵位や領地など、本来ならいくらでも与えられるものは存在する。

だが、それらを与えて得をするのもまたウィンブルグ王国だけで、誠一が望んでいるものでは決してないことを、ランゼは理解していたのだ。

思わず難しい表情になるランゼだったが、ふとあることに気付く。

「そこに転がってるのは……確か、ゲンペルだったか。そいつも捕まえてくれたのか」

「ええ。どうするのが正しいのか分からなかったので……あ、ソイツの能力に関しては安心してください。今はもう、まともに使えませんから」

「……お前、何をやったんだ？　そいつ、滅茶苦茶ボロボロのうえにずっと何かを呟いてるみてぇだが……」

ランゼの言う通り、ここまで運ばれてきたゲンペルはボロボロのまま、虚ろな表情でずっと言葉を呟き続けていたのだ。

「……あり得ぬ……私の力が……こ、駒が……駒ごときが……私を襲うなど……こ、これは夢だ……夢に違いない……！」

「あ、あははは……俺は何もしてないんですけどね……」

「何もしてないのにこんなことになるわけねぇだろ？」

ランゼはあきれた様子でそう告げるも、誠二の言う通り誠一は何もしていなかった。

なんせ、自身の生み出した駒にボコボコにされただけだからだ。

「……何があったのか分からねぇが、一応牢屋に入れとくか。フロリオ」

「はっ！」

フロリオはいまだに何かを呟き続けるゲンペルを拘束すると、そのまま城の方まで連行していった。

「さて、ひとまず今回の件は終わったみたいだが……そう言えば、嬢ちゃんたちはどうした？皆にも直接礼がしたいんだが……」

「ああ、サリアたちなら今頃誠一と一緒に冥界に行ってますよ」

「…………ん？」

ランゼは誠二の言葉を理解するのに時間がかかった。

「今、何て言った？　誠一と一緒？　冥界？」

「あー……ちゃんと説明しないと分からないわよね……」

当然のランゼの反応に対し、エレミナは苦笑いを浮かべる。

それにつられ、誠二も苦笑いを浮かべながら続けた。

「すみません、俺、誠一じゃないんです」

「は？」

「俺は誠二です」

「……………アイツ、ついに分裂までできるようになったのか……？」

「いや、分裂はしてないですからね⁉　そこは普通、双子とか疑いません⁉」

「双子だなんて話は聞いたことねぇし、それよりは分裂したって方が信じられる」

「俺への印象！」

誠二はついツッコんだ。

「アイツむちゃくちゃすぎねぇか？」

ランゼのツッコみは当然だった。

「ま、まあお前が誠一じゃなく……誠二？　ってことは理解した。いや、全然分かってねぇが、そういうもんだと思い込むわ。誠一関連はそう考えるのが一番だ。だが……冥界ってなんだ？」

「そこからは私が説明するわね」

エレミナはそういうと、ゲンペルと戦う前に集めた【魔神教団】の本拠地などについてランゼに伝えた。

それと合わせて、その本拠地には他のS級冒険者が捕まっていることも話す。

「何⁉　【魔神教団】の本拠地が分かった⁉　それにS級冒険者の連中が捕まるなんて……」

「ええ。使徒の連中を尾行したりして何とか情報を集めることができたわ。まあ使徒たちは本拠地に入る資格がないみたいで、情報を集めるのには苦労したけど……神徒の誰かを尾行できれば一番早かったんだろうけど、さっきのゲンペルのように、実力がとんでもないから、それも難しくてね」

「なるほど……だが、本拠地が分かったってんなら今すぐにでも戦力を送り込まねぇと……こんな事態だ。冒険者連中も協力してくれるだろう。なんせ、S級冒険者が捕まってるんだぞ？　ガッスルたちが許すはずがねぇ」

ランゼの言う通り、同じ冒険者であるS級冒険者たちが【魔神教団】に捕まっていることをギルド本部の面々が知れば、全力を挙げて助けに向かうことは簡単に想像できた。

それは誠一たちがアルと一緒に黒龍神のダンジョンに転移し、行方不明になった時にみんなで必死に探していたことからも分かる。

「それで肝心の【魔神教団】の本拠地はどこにあるんだ？」

「……その場所が普通じゃないのよ」

「普通じゃない?」

「ええ。ヤツらのアジトはダンジョンらしいんだけど、この世界には存在していないの」

「は? じゃ、じゃあどう行くって言うんだよ」

「【魔神教団】の本拠地に向かうための方法はただ一つ……それこそが、さっき言った冥界にあるのよ」

「はあ⁉ め、冥界って……死んだ先にたどり着く場所だろ⁉ じゃ、じゃあそこに行くためには死ななきゃいけねぇのか⁉」

どう考えても無茶苦茶すぎる内容にランゼは絶句する。

「神徒たちはそれぞれが特殊な力を持ってるうえに、魔神からも何かしらの加護を得てるはずだから、それによって問題なく冥界を行き来できたはず。でも、神徒以外の人間がそこに行くには……アナタの言う通り、死ぬしか方法はないわね。でもこれは私たちだけじゃなく、おそらく使徒たちも同じで、実質そこに行くことができるのは神徒だけよ」

「んなこと言われたって……どうすりゃ……って、待て。さっき、誠一たちは冥界に行ったって言わなかったか……⁉」

「言いましたね」

「言ったわね」

「なんでそんなに冷静なんだよ⁉ それ、誠一たちが文字通り死にに行くってことじゃ……」

もはや訳の分からない事態に困惑するしかないランゼ。

「うーん……でも、誠一君、冥界に行くのはこれが初めてじゃないみたいだし……」

「アイツ、一度死んでんの⁉　嘘だろ⁉」

「あ、正確には死んだんじゃなくて、冥界に直接転移させられたってのが正しいですね」

「そっちの方がまずねぇだろ⁉　なんだよ、死なずに冥界に転移って！」

ただ一度死んだことがある以上に、冥界に生きたまま転移するなど考えられなかった。

もうすでにこの段階でランゼは驚きの連続だったが、さらに誠二は続ける。

「あ、その時に冥界から一緒に帰って来たのが、ゼアノスやルシウスさんたちですよ」

「衝撃的すぎる……！　なんか初代魔王だとか元勇者だとか変な肩書だなぁとは思ってたけども！」

「いや、その肩書を聞いて変だなぁだけで済ませたランゼさんも大概だと思いますが……」

普通そんなことを言われれば信じられないはずだったが、誠一の仲間ということでランゼはすんなり受け入れていたのだ。これもすべて誠一に毒された結果である。

「と、とにかく、そういうわけで冥界に行くのは難しくないんですよ」

「……これ、冥界に行くってのが誠一じゃなかったら完全に頭がおかしくなったヤツの発言だからな？」

「褒《ほ》めてるんですか……？」

誠二は何とも言えなかった。

「……まあ冥界に奴らの本拠地があって、そこに誠一たちが直接乗り込んだってのは分かった。だが、サリアの嬢ちゃんたちは大丈夫なのか？　嬢ちゃんたちは誠一みたいに人間辞めてねぇだろ？」

「あ、サリアは元々魔物なんで人間じゃないですが……」

「本当にお前の仲間どうなってんの？」

「と、とにかく！　冥界に関しましては誠一がいるので、サリアたちも問題なく対応できると思います。ただ、冥界がどんな反応するのか分かりませんが……」

「冥界が反応って……なんだ、冥界に自我でもあるって言いたいのか？」

「ありましたよ？」

「ダメだ、手に負えねぇ」

ランゼは顔を覆《おお》った。

どう考えても絶望的な状況だったはずなのに、誠一に頼んでから一気に緊張感がなくなってしまったのだ。

何とか様々な思いを飲み込んだランゼは、ふと気になったことを訊ねる。

「そういや……お前というか、誠一の両親には会うのか？」

「え？」

「お前、誠一の偽者……って言い方は悪いが、誠一じゃないんだろ？　でもこうして話もできるし、一個人としての自我も存在してる……だからどうすんのかなってよ」

「……そうですね」

ランゼの問いに対し、誠二はどこか寂し気な表情を浮かべた。

「ランゼさんの言う通り、俺は結局誠一の偽者ですから。知識や記憶は両親のことをちゃんと認識できていますが……それでもあの二人が俺の両親、ってわけじゃないですよ。強いて言うなら、誠一本人とゲンペルのやつですかね？　……そう考えると嫌だな」

自分で言ってて顔をしかめる誠二。

そんな誠二にランゼもエレミナも何も言えないでいると……。

「あの、陛下」

「ん？　どうした？」

ゲンペルを拘束し、牢屋まで運んだフロリオが戻ってきていた。

ただ、その表情は少し困惑している。

「一つお伝えしたいことが……」

「どうした？　ゲンペルのヤツに何かあったか？」

「あ、いえ、ヤツはいまだに何かをぶつぶつと呟き続けておりまして、特別行動を起こしていませんが……その、誠一君のご両親が来てます。普通に考えれば誠一君に会いに来たと思うんですけど、どうやら誠一君に会いに来たわけではないと……」

「え？」

予想外の言葉に、ランゼも誠二も呆気にとられた。

ひとまずフロリオに二人を連れてくるように指示すると、少ししてから誠と一美の二人がやって来た。

「おお、これはランゼさん。お久しぶりです」

「あら、そちらは奥さんのエレミナさんよね？　相変わらず綺麗で羨《うらや》ましいわ～」

やって来て早々二人の独特な雰囲気にランゼとエレミナは苦笑いを浮かべた。

「ああ、久しぶりだな。二人とも変わりないようでよかったが……どうしたんだ？　誠一に用があるわけじゃないって聞いたが……」

「ええ……っと、君か」

「え!?」

誠二は二人の登場にどうするべきか分からず、ただおろおろしていると、そんな誠二を誠《まこと》と一美《かずみ》は優しい目で見つめた。

「なんだかここから新しい家族の気配がしてなぁ」

「どんな気配!?」

誠の意味不明な発言についツッコむ誠二。

すると、誠は気にする様子もなく朗らかに笑った。

「そうだなぁ……こう、親の勘みたいなものだよ」

「そんなサリアみたいな……」

「まあ似たようなものだろう。親になれば分かるさ。新しい家族の気配がな」

「そうそう！　それで二人で見に来たんだけど……まさか誠一に弟ができるなんてねぇ～」

「うんうん。どういうわけか知らないが、こんなに誠一そっくりの弟が現れるとは……人生何があるか分からんなぁ」

なんと、誠と一美の二人は、どういうわけか誠二の存在を感じ取り、それを確認するためにやって来たのだ。

そして、一目見ただけで誠二が誠一ではないことを見抜くと、いつもの調子で朗らかに笑う。

「そうそう、さっきまで誠一と一緒にいたんだろう？　元気にしていたか？」

「え、あ、はい。いつも通り元気でしたけど……」

つい体を硬くしながら誠二がそう答えると、一美は不満げな表情を見せた。

「家族なんだし、敬語はおかしいでしょ？」

「へ!?」

「そうそう。ところで名前は何なんだ？」

「ちょっと誠さん、そりゃ誠一の弟なんだし、誠二なんじゃない？」

「それもそうか。はははは」

的確に誠二の名前すら当てて見せる二人の姿に、誠二はおろか、ランゼとエレミナまでもが目を見開いていた。

唯一フロリオのみ状況が呑み込めず困惑していたが、ランゼの背後に控えて静観している。

すると、誠は思い出したように手を打った。

「そうそう。誠二は今のところ用事とかないんだろう？」

「は、はい……あ、いや、うん」

「なら、私たちのところにおいで」

「え」

「そうそう！　誠一がいなくなって寂しかったのよ～。でも、こうして新しい家族も増えたし、またみんなでゆっくり食事できたらいいわね～」

「そうだなぁ。その時はサリアさんたちも呼んで……」

「あ！　そう言えば誠二以外にも新しい家族の気配もあったし、その子も一緒だとなおいいわよねぇ」

なんと、誠と一美は誠二のことだけでなく、女性化した誠一のことすらも感じ取っていたのだ。

「それで、どうだ？　一緒に住まないか？」

「……その、本当にいいの？　俺、本物じゃないけど……」

誠二はつい顔をうつむかせながらそう告げると、二人は顔を見合わせた。

「？　誠二は本物だろう？」

「え？」

「誰がどう言おうとも、私たちにとっては大切な家族の一人よ。ねえ？」

「ああ」

当然だと言わんばかりに頷く誠。

「そもそも本物かどうかなんてどうでもいい。私たちが一緒にいたいから、言ってるんだよ」

「……」

二人の温かい言葉を受け、誠二は自然と涙を流していた。

誠二という名前を得たところで、結局は誠一の偽者でしかないことを自覚していたからこそ、二人の言葉に救われたのだ。

「……一緒に住んでもいい？　——お父さん、お母さん」

誠二の言葉に、二人は笑顔で頷くのだった。

◆　◆　◆

「何て言うか……誠一のご両親ってとんでもねぇな……」

「そうね……」

誠二と一緒に帰っていった二人を思い返し、ランゼは思わずそう呟いた。

「いきなり自分の家族が増えるってだけでも意味分からんのに、さらにその家族ってのが自分の息子と瓜二つ《うりふた》って……俺なら混乱するだけで受け入れられねぇだろうな」

「私もあんな風に朗らかに受け入れられるほど器は大きくないわ……」

思わず自分たちに置き換え、誠たちのことを考えるランゼ。

「おっと……つい気が緩んじまったが、まだ終わったわけじゃねぇもんな……誠一たち、どうなると思う？」

「……私は何とかなる、と思うわ」

何とも言えない表情でそう答えるエレミナに対し、ランゼは黙って続きを促す。

「正直、教団の力を甘く見てたっていうのが捕まったことで身に染みたわ。実際、他のS級冒険者たちまで捕まってしまってるわけだし……」

「そうだな。あのユーストですら捕まったってのがいまだに信じられねぇ」

「でもそれを可能にするだけの力が教団に……いえ、神徒にはあったのよ」

「よく分からねぇが、神徒ってのは他の連中と何か違うのか？」

「ええ。教団の一般的な面々は使徒と呼ばれていて、教団が崇める魔神とやらから力を授かっているからその実力はとても高いけど、私たちS級冒険者や、この国のルイエスみたいに各国が抱える最高戦力なら問題なく対処できるはずよ。でも、神徒は違う。私が捕まったゲンペルは本人の戦闘力こそ皆無だけど、その特殊な力がとても厄介なのよ」

「自分と全く同じ存在を無限に生み出す力、か……改めて聞くととんでもねぇな」

ランゼは聞いていたゲンペルの能力を思い出し、顔をしかめる。

「アイツの力だけでも下手すりゃこの国……いや、世界を支配できるわけだろ？　でも、神徒ってヤツは他にもいると……」

「詳しい人数は調べきれなかったけど、アナタの言う通りゲンペルと同格の存在が何人もいるのよ。しかも、ゲンペルとは違う力でね」

「……そういやぁ、以前、誠一やサリアの嬢ちゃんたちが教団の仲間を捕まえたって言って、ウチのとこまで運んできてくれたが……そいつら、癒《いや》しの力だったり、そこらへんの石ころと全く同じステータスだったり、妙な連中だったな。誠一が言うには幹部っぽい人間だって言ってたが、そいつらが神徒ってことは……」

「さ、さすがにないでしょ？　そもそもどういう面々よ……」

ランゼの言葉に苦笑いを浮かべるエレミナだったが、その誠一たちの手によって運ばれてきた教団の人間……デストラとヴィトールは、紛れもなく【魔神教団】の最高戦力である神徒に他ならなかった。

ただ、誠一とかかわったばかりにその力は失われ、全員無害な人間になってしまっているため、誰が見てもそんな危険な組織の幹部とはとても思えなかった。

「まあいい。その運ばれてきた面々も、結局しゃべれなかったり精神的に壊れてたりしてまともに情報が集まらなかったからな。今回も望みは薄いが、何かいい情報が手に入れば……」

ランゼがそこまで言いかけた瞬間、突如兵士の一人が慌てた様子でやって来た。

「陛下！　至急、お伝えしたいことが……！」

「何だ、どうした？」

「その……捕まえていたゲンペルについてなんですが……」

「何⁉　何かあったのか⁉」

もしゲンペルが逃げ出したとなれば、また危険な状況に陥《おちい》ってしまう。

それを危惧した二人は緊張した面持ちで兵士の言葉を待つも、兵士はどこか困惑した様子で告げた。

「えっと……死にかけてます」

「「……………え？」」

◆　◆　◆

誠二とランゼが会話をしている頃、牢屋まで連行され、鎖で繋がれたゲンペル。

他の牢屋は鉄格子の一般的な牢屋なのに対し、ゲンペルに用意された牢屋は、他とは異なり、完全に四方を金属で覆われた堅牢かつ巨大な金属箱だった。

呼吸のための最低限の穴こそあるものの、それ以外は外の様子を見ることさえ不可能なほど、何もない。

しかもその巨大な金属箱は地下の石室に存在しており、二重の牢屋として機能していた。

見張りの兵士は定期的にその石室に入り、金属箱の中身を覗いたりするものの、基本的には石室の外で待機しているため、金属箱内の様子は分からなかった。

ただ、金属箱や鎖に使われている素材は魔力を奪い、霧散させる効果があるため、魔法による脱出は不可能だった。

そんな厳重な場所に監禁されたゲンペルは、一人になったことで不意に正気に返る。

「ハッ!?　そ、そうだ！　今ならあの化け物も存在しない……あの時は上手く発動しなかった私の力だが、ここでは違う……あれはあの化け物のせいだ。私の力が及ばなかったわけではない……！」

自身の力が通じなかったのは誠一のせいであり、自分自身は決して弱くはないと言い聞かせるゲンペル。

誠一のせいで力が通じなかったというのは正しい結論ではあったが、ゲンペルの力が強いというわけではない。

もちろん、誠一以外の存在に対しては、ゲンペルの力は圧倒的だろう。

なんせ、ゲンペルの力は対面で相手を認識さえすれば、無条件かつ代償なしで無限にコピーを生成できるのだ。

それこそ自身が崇める魔神でさえ、ゲンペルは完璧にコピーできる自信があり、その認識は実際正しい。

ただ、ゲンペルは魔神が復活するまでは間接的にしか認識することはできておらず、復活を果たした現在も直接認識できたわけではないため、魔神のコピーは不可能だった。

【魔神教団】の神徒たちはそれぞれ自分の力に絶対的自信を持っており、教団に所属していながら魔神ですら倒せると心の中で考えていた者もいる。

それこそデストラなどはまさにその思考の持ち主であり、ゲンペルもデストラほど分かりやすく態度には出していなかったが、心の中では魔神を倒せると考えていた。

当然そんな思考は魔神にはバレていることも二人は承知だった。

そのうえで、最終的に魔神と戦うことになったとしても、魔神を倒すことなど容易だと考えていた。

それでも教団に所属していたのは、魔神という存在としての格が最高位の神というものに興味があったからに他ならない。

「クソッ……この私がこんな目に遭うとは……今までは大人しく教団の言うことを聞いていたが、こんなことになるのであれば、早く手を引くべきだった……！　魔神という新たな駒を手に入れられないのは惜しいが……そんなことを考えている場合ではない。他の神徒連中の駒が使えるようになっただけでも教団に所属したかいがあったと考えよう」

冷静にそう結論付けたゲンペルは、自身を拘束する鎖に目を向ける。

「フン……この私がこの程度で拘束できると思われているのは非常に癪《しゃく》だな。こんな鎖、私の力ならばいくらでも解放できる存在を生み出せる。そうと決まれば今すぐここから逃げ出さなければ……いや、その前に、こんな目に遭わせてくれたこの国の連中を虐殺しなければ私の怒りは収まらん……！」

まずは脱出することを考えたゲンペルだったが、次第にこの状況に陥るきっかけとなったウィンブルグ王国のことを考え、怒りに震えた。

「大人しく国民を差し出していれば、私はあの化け物と遭うこともなく、魔神という駒も手に入れられたはずなのだ……！　許さぬ、許さぬぞ……！」

ゲンペルの言葉は完全な八つ当たりでしかなかったが、本人にとってはそんなことはどうでもよかった。

すると、ゲンペルが少しでも正気に返ってたかどうかを確認するため、兵士たちがやって来た。

そして金属箱の確認口から覗き込むと、憤怒の形相を浮かべるゲンペルを見つける。

「ッ！　……どうやら正気に返ったようだな」

「貴様らか、この私をこのような場所に閉じ込めたのは……」

「そうだ。そこは特殊な金属で作られた場所なのでな。魔法で逃げようとしても無駄だ。お前にはこれからいろいろと聞きたいことがある。覚悟しておけよ」

「覚悟だと？　それは貴様らがするものだ」

「何？」

自信に満ちたまま笑みを浮かべるゲンペルに対し、兵士たちは怪訝《けげん》な表情を浮かべる。

というのも、今まで誠一たちによって運ばれてきた教団の面々は、すでに正常な状態ではなく、無害なまま運ばれて来ていたため、今回も同じように何もできないと考えていたのだ。

だが、ゲンペルは誠一によって能力を封じられたりしたわけではない。

「この私をこの程度のもので拘束できると思うなよ、下等生物が……！」

「なっ⁉」

ゲンペルがそう叫んだ瞬間、次々と黒い靄《もや》がゲンペルの周辺に集まり、人の形になっていく。

それらはS級冒険者やヴィトールといった強力な面々の姿をしている。

ただ、一番強力な駒になるはずの誠一のコピーがいないのは、再び誠一のコピーを生み出すことで反乱されることを恐れたからだった。

しかし、そのことを知らないウィンブルグ王国の兵士たちだったが、いくつか見知ったS級冒険者たちの姿があるだけで大いに慌てた。

「ま、まさか、この空間でも力が使えるだと⁉　それにあれはS級冒険者たちの……偽者だろうが、実力まで同じだとしたら、不味《まず》い……！」

何とかしてゲンペルの能力を解除させるため、兵士たちは慌てて金属箱の鍵を開け、中に入るも、ゲンペルは笑みを浮かべたままだった。

「残念だったなあ⁉　私の力は魔法でもスキルでもない！　それを封じることなど不可能なのだよ！　さあ、ここから脱出したあと、私をこのような目に遭わせてくれたこの国に地獄を見せてやろうじゃないか！」

両手を広げ、自身に酔いしれるゲンペル。

すでに完全な状態で生み出されてしまった偽者たちを前に、兵士たちは手を出せなかった。

それは偽者たちから漂う気配は本物と全く同じで、その気配だけでも兵士たちからすると身動きが取れなくなるほどの圧力だったからだ。

そんな兵士たちを前に、嗜虐《しぎゃく》的な笑みを浮かべたゲンペルは、声高々に告げた。

「さあ、我が駒たちよ！　地獄の始まりとして目の前の連中を皆殺しにするのだあ！」

『……』

S級冒険者たちの偽者が戦闘態勢に入ると――――。

「フハハハハハハ――――ぐぼるぅあ⁉」

――――ゲンペルを殴り飛ばした。

思いっきりぶっ飛ばされたことで金属箱の壁に激突したゲンペルは、呆然としながら殴られた個所を手で触れる。

「え？　は？　な、何で？」

何が起きたのか理解できないゲンペルは、ただひたすらに困惑する。

それはゲンペルだけでなく、兵士たちも同じ心境だった。

「お、おい？　て、敵は向こうだ！　わ、わ、わた、私、私では――」

『……』

「ぐへら⁉」

容赦ない追撃を受けるゲンペル。

何が起きているのか全く理解できなかった。

「な、何で⁉　あ、あの化け物はここにはいないんだぞ⁉　そ、それなのに……！」

『……』

「い、いや……や、やめ……ぎゃああああああああ！」

――そこからは暴力の嵐だった。

それはまるで今までの鬱憤《うっぷん》のすべてをぶつけるかのような勢いで、ゲンペルは自分が生み出した駒にボロボロにされた。

途中何度も駒を消そうと試みたが、生み出した偽者たちは一向に消える気配もなく、むしろどんどん数を増やしながらゲンペルをボコボコにしていく。

「なんでええええええええ！　どうぢでええええええええええ⁉」

泣き叫ぶゲンペルだが、物言わぬ偽者たちは淡々とゲンペルをボコボコにしていき、死にかければ偽者の一人が回復させ、またボコボコにするという……まさにゲンペルが告げた地獄がそこには待っていた。

なんてことはない。

ただ、ゲンペルに使われることで結果的に誠一への敵対行動となることを全力で阻止したかった偽者たちが、自分たちは誠一の味方だということを周囲に……そして世界に伝えるために起こした行動だった。

そんな偽者たちの心理を一生理解できぬまま、これでもかという暴力という暴力を一身に受けたゲンペルは、最後に回復すらしてもらえず、死にかけたままポツンと床に転がされ、偽者たちは消えていった。

こうして、ゲンペルは能力が消えていないにもかかわらず、二度とその能力をまともに使えることはなくなったのだった。

久しぶりの冥界

「ここが冥界……」

エレミナさんを救出した後、教団のアジトが冥界から行けると聞いた俺たちは、エレミナさんを誠二に任せ、そのまま冥界へとやって来ていた。

そこは相変わらず不気味な世界で、周囲は寂れた雰囲気が漂っている。

初めて冥界にやって来たサリアたちは珍しそうに辺りを見渡しているが、アルやオリガちゃん、そしてゾーラはどこか顔色が悪かった。

「な、なんだ、この感じは……」

「……ん。背筋がぞっとする」

「い、嫌な気配ですね……」

「まあ確かに不気味な世界ではあるよなー」

「そんな軽いもんじゃねぇだろ!? 何て言うか……生物として、ここにいちゃいけない……そんな感じがする」

アルは難しい表情を浮かべつつ、そう口にした。

そう言われてみると確かにそんな気も……あれ、特にしないぞー？

何なら初めてこの世界に来た時でさえ、そんな感覚はなかった気がする。

でもアルの言う通り、ここは冥界で、本来生きてる存在がいるのは自然の摂理としておかしい。

そう考えると、アルたちの反応が普通で、俺のように何の危機感もない方がおかしいのだ。

ただ、それならサリアとルルネが普通そうにしているのが気になるけど……あれかな、進化の実を食べたかどうかで何か変わったりするんだろうか？

ふとそんなことを考えていると、突然大きな地響きがした。

それは徐々に俺たちの方に近づいてきており、どんどん揺れも大きくなっていく。

「えっ⁉　す、すごい揺れ……！」

「な、なんだ⁉」

「……っ！　立って……られない……」

サリアたちは思わずといった様子でその場に膝をつき、何とか地響きに耐えている。

俺は特に問題なく普通に立てていたので、その異常に遅れて気付いたが、すぐにサリアたちを支える……というより、気付けば全員俺にしがみついていた。あ、あれー？

ただ、俺に捕まると揺れに耐えられるみたいで、皆表情を強張《こわば》らせながらも揺れの原因を探す。

すると――――。

「あ、あれは……！」

こちらに向かって全力疾走する二つの姿が。

それは地球に存在した金剛力士像そのもので、石像の表情は本来変化しないはずが、今はすごく焦ってるようにも見える。

しかも素人目に見ても素晴らしいランニングフォームでこちらに向かってきているのだ。

……シュールすぎる。

あまりにも場違いな光景に全員呆気に取られていると、金剛力士像は俺たちの前でピタっと止まった。

『……お久しぶりです、誠一様……』

「あ、冥界さん」

「「「冥界さん⁉」」」

金剛力士像が俺たちの前に止まると同時に、全員の脳内に語り掛けてきた冥界の声に反応すると、サリアたちは目を見開いた。

確かに驚く気持ちは分かるが、俺はなんだか慣れつつある。というより、東の国でも世界さんは大活躍だったからね！　しかも今と同じように全員に聞こえるように語り掛けてたし！

『……その……確かに以前、また遊びに来てくださいと言いました……でも……本当に遊びに来るとは……』

「いやあ……俺としても、むやみにこの場所に来るつもりはなかったんですけどねぇ……」

だって死んでないからね！

するると、冥界さんはどこか困った様子を見せる。

『……いえ、誠一様ならば、特に問題なかったんですが……その、他の方々が問題でして……』

「いや、俺のことも問題視して？」

なんで俺だけ大丈夫なの？　俺も生きてるからね？

『……まあ、大丈夫でしょう……誠一様の関係者ですし……』

「それでいいのか、冥界！」

来ておいてなんだが、そんな適当でいいんですかねぇ!?　ほら、金剛力士像も反応に困ってるから！

『……それで、本日はどういったご用件で？　……本当に遊びに来ただけですか？』

「さ、さすがに冥界に遊ぶためだけにはこないけど……」

つい冥界さんの言葉に頬を引きつらせつつ、【魔神教団】のアジトがここにあることなど、一つずつ説明した。

すると、冥界さんはどこか厳しい声音で告げる。

『……まさか、私の中にそのようなものがあるとは……』

「え、冥界さんは知らなかったのか？」

『……はい……話を聞くに、その場所の主は、私たちの創造主である神のようですから……なので、私たちに気付かれることなくその場所が存在していたのでしょう……それもあり、私の知らないところで他の生者が出入りしていたと考えると……とても見過ごせるような状況ではありません……』

確かに、アジトがあるだけでなく、神徒の連中もこの場所を通って出入りしていたことになり、それに気付けなかったのは冥界として問題なのだろう。

そんなことを考えていると、冥界さんは金剛力士像たちに指示を出す。

『……命令です。周囲の悪霊どもを使い、怪しい場所を探してきなさい……』

「「！」」

承諾の意味なのか、金剛力士像たちはそれぞれマッスルポーズをとると、そのまま一瞬にしてそこから去っていく。

『……お手数をお掛けしますが、少々お待ちください……私も探してみますので、見つけ次第報告しますね……』

「お願いします」

そういうと、冥界さんもアジトを探すために消えていった。

冥界さんがどこかに行った気配を感じ取ると、俺はサリアたちの方に振り向く。

「冥界さんが手分けして探してくれるみたいだから、少し待ってようか」

「いやいやいや！　おかしいだろ⁉」

真っ先に正気に返ったアルがすかさずツッコんだ。

「冥界から声がかけられるって状況もおかしいのに、そのうえオレたちの手伝いってなんだよ⁉　あの二体の石像もわけ分かんねぇし！」

「そ、そうかな？　でも、東の国で世界の声は聞いてるよね？」

「そうだったよ、コンチクショウ！」

俺の言葉にアルは全力で頭を抱え込んでいた。

「おかしい……普通なら信じられねぇ状況のはずなのに、すでにオレたちは体験済みだと……⁉」

「うーん……まあ誠一だからねー。あんまり深く考えない方がいいんじゃない？」

「サリア……オレには無理だ……こいつ、本当に人間か……？」

「散々な言われよう⁉」

アルの言葉に俺は思わずそう返しつつ、冥界さんの言葉通りしばらくの間待機するのだった。

◆　◆　◆

『……誠一様……探していた場所が見つかりました……』

「お、本当か⁉」

冥界さんが教団のアジトを探索し始めて少し経った頃、冥界さんから改めて声がかけられた。

ただ、その声音はどこか残念そうにも聞こえる。

「なんか元気なさそうだけど、どうしたんだ？」

『……いえ……本当なら私のことなので、私自身の手で処理しようと思ったのですが……やはり私の力では神には及ばず……また誠一様のお手を煩わせるのかと思うと……』

「そ、そこまで気にしなくてもいいんじゃないかなー？　は、ははは」

冥界さんの恐縮しきっているその声に、俺はつい乾いた笑いしか出なかった。隣でアルがジト目を向けてきてるしね！

「ま、まあいいや！　早速その場所まで案内してくれ」

『……かしこまりました……周囲に敵影などは確認できませんでしたが、そちらが現れましたら我々にお任せください……』

「至れり尽くせりだな……」

『……ええ……冥界の名に懸けて……完璧に処理して見せますとも……』

怖っ!?

冥界が処理ってどうするの!?　死ぬ以上に酷いことになりそうな予感。

そんな会話をしつつ、殺風景な冥界を進んでいくと、ついに目的の場所までたどり着いた。

そこにはすでに金剛力士像たちが待機しており、使徒や神徒が近づかないようにするためか、周囲を見張ってくれている。

そして金剛力士像たちが守るようにしている位置に、禍々しい気配を放つ魔法陣が描かれていた。

その魔法陣を見て、サリアとルルネが冥界に来て初めて顔をしかめた。

「な、何？　あの魔力……」

「……不愉快ですね、サリア様」

「ど、どうした？　二人とも……」

サリアとルルネは何かに気付いた様子だったが、逆に今度はアルたちにはその魔法陣からは特に何も感じないようで、首をひねっている。

「た、確かに見た目は禍々しいが……この世界みてぇな背筋が凍るような感覚は特にしねぇぞ？」

「なんて言ったらいいのかな……この世界は、死んだらたどり着く場所でしょ？　それってつまり、生き物にとってはこの世界は必要な場所だけど、今生きてる私たちが不快に感じるのは仕方ないと思うの。だから嫌な感じがしても、私たち生物がいずれたどり着く場所って考えれば、そこは私たちにとって最後の故郷になると思うんだ」

「そ、そうなる……のか……？」

サリアの説明にアルもオリガちゃんたちも首をかしげる。

うーん……サリアの言葉を正確に理解はできないけど、サリアの言葉にルルネが頷いている様子を見るに、野生として生きてきたからこそ、強く感じる感性なのかもしれない。

……あれ？　でもルルネって元々魔物販売店にいたロバだよな？　野生とは？

ま、まあ動物だからこそ強く感じる本能的なものなのだと理解しておこう。

「でも、あの魔法陣から流れてくる魔力は違う……『死』っていう最後の安息すら拒絶する、ただの『虚無』みたいなものを感じるの……」

「虚無……」

「主様。私もうまく説明はできないのですが、あの魔力は私たちの世界にあってはならないものだと思います」

「ルルネまで……」

いつも泰然としていて、己の食欲を優先するルルネでさえそう口にしている状況に、俺だけでなくアルたちも驚いていた。

「……驚いた。食いしん坊がまともなことを言ってる……」

「貴様、喧嘩《けんか》を売ってるのか？」

「ま、まあまあ」

ゾーラが慌てて宥めているが……日頃の行いのせいだというのは黙っておこう。俺も人のこと言えないし。

すると、今まで黙っていた冥界が忌々《いまいま》しそうな様子で口を開いた。

『……サリア様とルルネ様のご指摘通り……その魔力……その力は、存在してはいけません……いえ、もっと正確に言えば、世界に存在してはいけないのです……』

「あの魔法陣の力ってのはおそらく教団の崇めてる魔神の物だと思うけど、何で存在しちゃいけないんだ？」

『……サリア様がおっしゃっていた通り、この星だけでなく、全宇宙、全時空、全次元……どこを見ても、生者である以上、死というものは必ず訪れます……たとえ不死者をうたう者であっても、死ぬのです……』

「そうなの⁉」

魔法陣の力も気になるけど、死なない人間も死ぬってことの方が驚きなんですが⁉　そもそも死なない生き物なんているんですか？　それ、すでに死んでません？

『……もちろん、普通に生きているだけでは死なないでしょうが……そういった存在には必ず死を与えるための手段が何かしら存在しています……それは別の時空であったり、別の次元であったり……』

「な、なるほど……？」

『……そういった意味もあり、死ぬことは生きているうちは忌避するものであったとしても、どの存在にも平等に訪れる数少ないものの一つなのです……』

そう言われると、確かにそうなのかもしれないな。

地球の頃に時間は平等みたいなことも聞いたけど、あれって流れる速度は同じでも、その時間がどこまで続くかとか、いろいろな要因があるから結局平等とは言いにくいもんな。

そう考えれば、死ぬってことは、どれだけ拒絶しても勝手に訪れるし、自分で死にたくなれば死ぬ選択肢も選べちゃうんだもんな。

まあ前向きに生きていられるうちは、前向きに生きたいものですがね！

『……それで、問題のその魔法陣なのですが……その魔法陣に込められた力は、神の力そのものです……神とは唯一、先ほど告げた死や生といった物事から完全に超越した存在になります……なんせ、その神々が私たちの星や宇宙、生命、次元……すべてを生み出したのですから……生と死の概念も、神々によって生み出されたにすぎません……』

もう本当に最近物事のスケールが大きくなりすぎじゃありません？　俺、ついていけてないんですけど？

『……そして、すべての始まりである神々は……なかったことにできるのです……』

「なかったこと？」

『……はい……生まれてきたことも……存在したことも……』

「!?」

冥界さんの口から語られたその言葉に、俺たちは絶句した。

生きていたことが……なかったことになる……!?

『……これこそが、サリア様がおっしゃっていた虚無という感覚の正体です……その力は、すべてを拒絶します……人間たちが歩んできた歴史も……紡いできた関係も……積み重なった記憶も……何もかもを否定し、何事もなかったかのようにしてしまうのです……それこそ、死んで私という場所にたどり着くことすらできません……もう、存在していなかったことになるのですから……』

「そんな……」

あまりにもぶっ飛んでいる……と言いたいところだが、神様なんだし、そんなものは普通なのだろう。

もしかしたら、普通という感覚すらないのかもしれない。

そりゃそうか。自分が生み出した生命なら、消すこともできるわな。それも、その人という生きていた証すら残さずに。

俺がこの異世界に送られることになった時、そのことを教えてくれた神様も同じことができるのだろう。

でも、それをせず、地球に人間が増えすぎたからって消したりしないで、この世界に送り込んでくれたんだ。

まあ最終的にはカイゼル帝国の勇者召喚で呼ばれたって結果になったけどさ。

だけど、存在をなかったことにすればそんなまどろっこしいことをしないでもよかったはずなのに、あの神様はそうしなかった。

それはあの神様がいろいろ考えながらも大切にしてくれていたからだろう。そう思いたい。

ただ、今はその力が敵として存在している。

そんな神様を相手に、俺は本当に戦えるんだろうか？

冥界さんの言葉に俺を含め、全員無言になっていると、冥界さんが不思議そうに声を上げた。

『……どうしました？……』

「いや……神様を相手にするっていうから、そりゃあ強いとかそんな次元じゃないのは分かってたけど、いざその力の一端を目の当たりにすると、どうしてもしり込みするというか……」

『……？　何故です？　……誠一様であれば余裕だと思いますよ？　……』

「余裕なの⁉」

え、今まで散々ヤバそうな気配漂わせてたのに⁉

「い、いやいやいや！　余裕はないでしょ⁉　だって神様だよ⁉　しかも存在しなかったことにできるって……」

『……誠一様もできますが……』

「できませえええええええええええええん！」

できないから！　誰が何と言おうとできませんから！

だからアルさん、そんな「お前マジかよ」みたいな目で見ないでくれます!? 俺ただの人間だからね!?

『……いえ、でもできる――』

「はあああい! 何も聞こえませえええん! なので行ってきまああああす!」

俺は冥界さんからの言葉を遮るように耳をふさぎつつ、魔法陣へと近づいた。

冥界さんは脳内に語り掛けてきているので、耳塞いだところで意味ないんですけどね!

俺に続くようにアルたちも魔法陣に近づくと、魔法陣が俺たちに反応してか、輝きを増していく。

そして――。

『あ、マスター!? 私使うんですか? まっかせてくださいよー! 教団のアジトですよね!? 安心安全な転移をお届けしちゃいますとも! ついでに魔神の力も奪えますけど、いります?』

「……」

魔法陣が俺に話しかけてきた。

その声に、俺はふと思った。

――俺、本当に神様と同じことできるかもしれない。

そう考えて、自然とその場で頭を抱え込むのだった。

ユティスの末路

冥界からの衝撃的な事実に続き、魔神が設置したであろう魔法陣すら俺に超協力的だったことから、アジトに行く前に精神的に大ダメージを負った俺。

ただ、いつまでもそこで蹲《うずくま》ってるわけにもいかず、何とか気を取り直し、魔法陣に頼んで全員でアジトに侵入した。

すると、そこは石造りの長い廊下がずっと先まで続いている。

「なんだかダンジョンみたいだねー」

サリアが珍しそうに周囲を見渡しながらそういうが、確か羊も教団のアジトはダンジョンだって言ってたし、その表現は間違っていないのだろう。

特に照明があるわけでもないが、周囲は何とも言えない明るさが保たれており、奥の方は暗くて見ることができない。

後ろを振り返ると、そこには俺への主張が激しい魔法陣と、何もない石の壁があるだけで、ここは完全に入り口であることが分かる。

「……ご丁寧に一本道だし、このまま進むしかなさそうだな」

「……ん。特に罠とか隠し部屋の気配もないよ」

「旨そうな気配もないな」

「……よかった。いつもの食いしん坊」

「私をなんだと思ってるんだ⁉」

ルルネ。ダンジョンに入って旨そうな気配とか口にするヤツはどう考えても普通じゃないんだ。

俺も似たようなところがあるから口にしないけどな！

思わず気が緩む俺たちだったが、アルが武器を担ぎなおしつつ、真剣な表情を浮かべる。

「緊張してねぇのはいいが、気が緩みすぎるのはやめろよ。オリガの言う通り、罠がないとはいえ、向こうは未知の力を持ってるんだ。どんな方法でいつ仕掛けてくるかも分からねぇぞ」

「そ、そうですね！　私も髪の毛の蛇たちを使って、周囲を警戒します！」

ゾーラの髪の蛇はそれぞれ意思が存在するらしく、ゾーラの言うことをよく聞いてくれるのだ。

それぞれが気を引き締めて廊下を進んでいく。

しかし、しばらくその廊下を歩いているのだが、一向にどこかへ出る気配もなく、だんだん俺たちの集中力も切れてくる。

「なんなんだ？　この廊下……ずっと同じ風景で頭がおかしくなりそうだ……」

「これが連中の罠だって言わねぇよな？」

「……否定できないかも」

アルとオリガちゃんの言葉に嫌な予感がするものの、あの魔法陣の様子を見るに、この場所が罠だとはあまり思えない。

どこかげんなりした気分のまま進んでいくと、サリアが声を上げた。

「あ！　あそこ、何かの部屋につながってるんじゃない？」

「お！」

サリアの言う通り、道の先に扉こそないものの、初めての部屋らしき入り口が見えた。

そのことに少し安堵しつつ、すぐに部屋にまでたどり着く。

だが……。

「おいおい、あの部屋の向こうにも道が見えるんだが……」

「……ん。この部屋も、結局なにもなさそう」

オリガちゃんの言う通り、通路から出たその部屋は、今までの廊下と同じ石造りの壁で覆われただけの何も置かれていない、殺風景な部屋だった。

「なんだ……期待して損したな……はぁ……仕方ない、また先に進もう」

げんなりとした気分のまま、奥の通路に向かって歩き出した俺たち。

すると、そこでサリアが何かに気付いた。

「あれ？　この部屋……」

「ん？　どうかしたか？」

「うん……なんていうか、さっきまではダンジョンにいるなーって思ったんだけど、今私たちがいる場所が、なんだかダンジョンじゃないっていうか、さっきの場所から隔離されてるというか……」

「え？」

予想外のサリアのセリフに驚いていると、不意に部屋の中に新たな人間の気配を感じた。

俺たちは一斉にその気配の方に視線を向け、武器を構える。

「――――まさか、この神聖なる魔神様の眠る場所に、ネズミが入り込むとは思いませんでしたよ」

「お前は……」

いきなり現れたのは、以前魔王国とウィンブルグ王国の会談で、ルーティアが教団の使徒に襲われた際、倒した使徒たちを回収していった不気味な男だった。

確かにあの時も、俺の体は特に反応しなかったし、目の前の男はスキルや魔法とは異なる能力として、自由自在に転移することができるのだろう。

となると、今まで戦ってきた連中を考えると、目の前の男も……。

「なるほど……お前も神徒の一人ってわけか」

「ほう？　どうやらその口ぶりですと、私以外の神徒とすでに会われている様子……だが、そう考えればこの場にアナタ方が存在しているのが気になりますね。彼らと出会っていれば、生きているはずないでしょうし……」

　何やら考え込む様子を見せる目の前の男に、アルが厳しい視線を向ける。

「……テメェはなんだ？」

「おっと、私としたことが……まあ本来、ネズミに名乗る名など存在しないのですが……手段が分からないとはいえ、ここまでたどり着けたのも事実。一応名乗っておきましょう。私はユティス――《遍在》の名を冠する神徒です」

　どこまでも慇懃無礼《いんぎんぶれい》な態度でお辞儀をすると、不気味な男――ユティスは笑った。

「さて、私の名前を聞いたところで――死になさい」

「！」

「誠一！」

　ユティスは音もなくその場から消えると、一瞬にして俺の背後に現れ、そのまま貫手で心臓部分を貫《つらぬ》こうとしてきた。

　だが――。

「へ？」

　ユティスは間抜けな声を上げる。

　なんと、俺の体に触れるまでもなくユティスの貫手を放った右手の指が、すべて本来曲がるはずのない方向にへし折れたのだ。

「っ！　ぎゃああああああああ！」

その痛みに耐えきれなかったのか、ユティスは今までの余裕のある態度から一転し、脂汗を流しながら俺から距離をとる。

「な、何なんだ、貴様ぁ！　この私に何をしたぁ⁉」

そんな急変したユティスの様子に呆気にとられる俺だったが、アルたちは「ああ、またか」といった様子で特に驚いていない。

……いや、どう考えても俺のせいですね！　え、これ俺が悪いの⁉　今までも敵が自滅すること多かったし、さすがにもう自覚してますよ！

だが、当然そんなことは一切知らないユティスからすれば、未知の攻撃によってダメージを受けたように思えるだろう。

ユティスは痛みにこらえながら手を庇いつつ、回復魔法らしきものを発動させた。

「なっ⁉　か、回復できないだと⁉」

しかし、その魔法は発動したにもかかわらず、ユティスの傷を癒すことはなかった。

なんせ、ここに来る時に聞こえた魔法陣の声と同じように、今も俺の耳にユティスが使用した魔法の声が聞こえているのだ。

『マスター！　コイツのことは二度と回復しないので、思う存分ボコボコにしちゃってください！　あ、でもコイツが発動した魔法の効果はマスターたちに使いますね！』
慈悲もねぇ！
いくら何でもえぐすぎるだろ⁉　相手が回復魔法を使うたびに、その使用者は回復すること
なく別の人間が回復し続けるんだろ？　しかもその消費魔力は使用者からどんどん減っていく
と……。
思わず回復魔法の仕打ちに震えていると、ユティスは鬼の形相で俺を睨む。
「貴様あ！　この私にダメージを与えただけでなく、魔法まで封じるだとお⁉　薄汚い下等生
物の分際でぇぇぇぇぇぇぇぇぇぇぇ！」
「！」
ユティスがそう叫び声をあげた瞬間、何とユティスが無数に現れ、しかもそのまま俺たちに
襲い掛かって来たのだ！
ただ、そのすべてのユティスが俺だけでなくサリアたちに触れることもできず、その場で
次々と体が砕け、倒れていく。
「「「ぎゃああああああああああああ！」」」
「これは酷い」
もはや一周回って冷静になったよね。なんだ、この地獄。
本体っぽいユティスはその様子に唖然としているし、召喚された別のユティスたちは絶叫す

るとそのまま消えてしまうのだ。

そんな様子をどこか遠い目をしながら眺めていると、サリアが俺の肩をつつく。

「ねえ、誠一。なんか大丈夫そうだし、先に進まない？」

「え？　あ、うん。そうだな……って、あれ？　でもサリアが言うには、この部屋ってなんか隔離されてるっぽいんだろ？」

「誠一だし大丈夫だと思うよ？」

「俺だから大丈夫って何？」

しかし、そんな俺たちの会話がどうやらユティスにも聞こえたみたいで、ユティスはまた急に勝ち誇った態度へと変わる。

「ふ……フフフ、そうです、そうですとも！　そこの女の言う通り、この部屋はもはや別の空間に隔離いたしました！　ここを脱出するのは私か魔神様を含む神々でなければ不可能！　アナタ方はここで朽ち果てるんですよ！」

「ええ？」

それは困る。

こんな殺風景な部屋で死にたくないし……。

純粋にそう考えていると、今度は魔法とも冥界とも違う声が、俺だけでなく、この場にいる全員に聞こえる形で聞こえてきた。

『誠一様が困ってるようなので元に戻しときますね』

「……」

その声は、東の国でギョギョンと対決した時に聞こえてきた、世界そのものの声に他ならなかった。

そんな声を聞いたサリアたちは、再び俺に視線を向けてくる。

「ほら、大丈夫だった！」

「…………よぉし、先に進むかー！」

もはやヤケクソ気味にそう叫ぶと、呆然と世界の声を聞いていたユティスが正気に返った。

「ま、待てえええええええええええ！　なんだ、それは……なんなんだお前はあああああああああ⁉」

「なんだと言われましても……」

昔の俺ならともかく、今の俺は自分でも何なのかよく分かってないからね！

人間という名の人間じゃないナニカだからね。俺が聞きたいくらいだよ。誰か俺に分かるように俺という存在を説明してほしい。

そんなことを考えていると、ユティスは頭を抱えた状態で何かをぶつぶつと呟く。

「あり得ない……この私が隔離した世界が、一瞬で元に戻るなど……！　しかもそれだけでなく、私の力が通じないなど……いや、待て。そう言えば、バーバドル魔法学園の《魔聖》や、デミオロスなどの使徒が倒された原因を把握しようと記憶を辿り、その場所まで転移できなかったことが多々あったが……まさか、コイツが原因なのか……!?」

途中、何かに気付いた様子で愕然とするユティス。

しかし、すぐに何かを思いついた様子で笑みを浮かべた。

「い、いや、まだだ！　あの時は間接的な転移が不可能だったにすぎない……ならば、その直接の原因である目の前の下等生物を消すために、アイツの両親や祖先を消してしまえば……！」

「ん？　まだ何かする気か……？」

不気味な笑みを浮かべるユティスに対し、つい構える俺たち。

だが、ユティスはそんな俺たちを嘲笑った。

「ははははは！　もはやアナタ方がいくら足掻こうと、結末は決まっているのですよ！」

「？」

ユティスが何を言いたいのか分からず、首をひねる俺たち。

だが――――。

「ふふふ……何も分からず死ぬがいい……！」

ユティスはそう叫ぶと、その場から一瞬にして消えてしまった。

「おいおい……今度は何をやって来るんだよ……」

アルがうんざりした様子でそう口にしつつ、それぞれが警戒を続ける俺たち。

しばらくその場に留まり、ユティスからの攻撃を警戒していた俺たちだったが、何の攻撃の予兆もないことに気付いた。

「あれ？　終わり？」

「いったい何がしたかったんだろうねー？」

「さ、さあ……？　でもこれ、先に行っていいんだよな？」

「いいだろ。てか、早く行って魔神を倒そうぜ」

なんだかスッキリとしない終わり方だったが、ユティスが邪魔をしてくる気配もないため、俺たちはそのまま進んでいく。

――そして、ユティスが俺たちの前に二度と現れることはなかった。

◆◆◆

誠一たちの前からとある空間に転移したユティス。

その空間は、ユティスだけが知る、数多の世界を見通し、移動することができる場所だった。

そんな世界に転移したユティスは、負傷した右手に再度回復魔法をかけて見るも、今度は発動すらしない。

「チッ！　ここにきても発動しないとは……やはりあの人間が今までのすべての元凶だったみ

たいですね。ですが、私と出会ったが最後……あの下等生物たちが強くなる前や、生まれる前に転移し、両親を殺してしまえば、奴らは存在することができなくなる……！」

これこそがユティスの能力の一つであり、ユティスは様々な世界の好きな時代にいくらでも転移することができた。

その力を利用することで、ユティスはどんなに自分より強力な存在が敵であったとしても、その存在が生まれる前に両親を殺したりすることにより、すべてを乗り越えてきた。

それだけでも十分強力な能力を持つユティスだったが、唯一の悩みはユティス自身の戦闘力が弱いことにあった。

それは他の神徒の能力を見ても分かる。

デストラはたとえ無機物、有機物、概念問わず、一度対象として指定したものは何でも『死』を与えることができた。

ヴィトールは受けたダメージをそっくりそのまま相手に与えることができ、ゲンペルはユティスと同じく本人の戦闘力こそないものの、生み出すコピーたちはどれも強力だった。

それに比べ、ユティスは本人の戦闘力が低いだけでなく、たとえあらゆる次元や並行世界から別のユティスを呼び寄せ、無限ともいえるユティスによる攻撃を行ったとしても、その攻撃を行うユティス自身は弱いままであるため、デストラのような個人の暴力の極致のような相手の場合、そのデストラの過去に向かい、力が使えない状態のデストラを殺すしか勝つ方法がなかったのだ。

そんなユティスに力を与えた存在こそ、まぎれもない魔神である。

魔神から強大な力を授かったユティスは、元来の能力に加え、本人の実力も高まったことで怖いものは何もない。

そのはずだった。

「クソっ……考えれば考えるほど忌々しい……！　魔神様の邪魔をするだけでなく、あのような力を持つ存在など……私はこんなところで終わるわけにはいかないのですよ。魔神様が探し求めている謎の力の結晶とやらも見つけられていない……魔神様が復活を果たし、ようやく駒も再び集まりつつあるというのに……！」

誠一自身は特に何かをしたわけではなく、ユティスが誠一に攻撃した結果、勝手に自滅したというのが事実であったが、ユティスとしてはそんなことはどうでもよく、自分が邪魔をされ、傷つけられたということがとても許せなかった。

「さっきの女どもの会話を鑑みるに、名前は誠一というらしいですが……名前の雰囲気的に東の国の出身かと思いましたが、どうやらこの世界の住人ではないようですね。ですが、この世界の住人でないとすれば……ああ、カイゼル帝国の勇者も似たような名前の響きで、別の世界の人間たちでしたねぇ」

誠一たちの会話を思い返しつつ、ユティスだけの空間で様々な星々を目にしつつ、誠一にかかわる場所を探すユティス。

本来、無限ともいえる世界の中から、たった一人の人間を見つけ出し、しかもその人間の過去にさかのぼるなど、不可能に近かった。

だが、今ユティスのいる空間は、時間とは隔絶した世界にいるため、膨大《ぼうだい》な時間を……数千億、数兆年、それ以上であったとしても、時間さえかければ不可能ではない。

それにユティスは長年格上の存在と戦う際、今の状況と同じように別の世界にその人間の過去があるような人物と戦うこともあったため、何となく相手の存在している世界を割り出す方法も熟知しており、無暗に探すという真似はする必要がなかった。

それでも数としては膨大になることもあるため、やはり強靭な精神力が必要になる。

そんな労力と気力が持つ人間はまずいない。

最後まで狙った獲物を確実に仕留めるために動くユティスの執念は、もはや常軌を逸すなどといったレベルではなかった。

その執念を別のことに向けることができていたのなら、このような結末を迎えることはなかっただろう。

そして、そこからユティスのとてつもない時間との戦いが始まる――――そう思われた。

「え――――」

ユティスは手始めに先ほどまでいた、誠一やサリアたちが存在する星の過去に遡ろうとした。

誠一がこの星の住人ではない可能性が高かったが、他のサリアたちはこの星の住人だということが分かったので、先にそちらを始末しようと考えたのだ。

しかし、ユティスはその星に転移することができなかった。

「な、なんだ？　何が起きている？」

今まで体験したことのない状況に焦るユティスは、もう一度転移を試みた。

だが、結果は何も変わらなかった。

どれだけ能力を発動させようとも、その世界に転移することができないのだ。

まるで世界そのものから拒絶されるように――――。

「そ、そんなはずは……な、なら、この世界は……！」

先ほどの世界に転移できないと悟ったユティスは、すぐさま別の世界に転移を開始するが……結果は何も変わらなかった。

「何で何で何で何で⁉　どうして転移できない⁉」

手あたり次第に様々な世界への転移を試みるユティスだったが、そのすべてに失敗し、世界から拒絶されるように今いる空間から抜け出すことができなかった。

「う、嘘だ。あり得ない……！」

今の状況を信じられないユティスは、もはや誠一のことなど忘れ、どこでもいいから転移できる世界を探し始める。

無限に存在する世界に一つずつ、必死に転移をしようと繰り返すユティス。

その努力は……報われることはなかった。

「あ……ああ……」

すべての世界から拒絶されたユティスは、もうこの空間から抜け出すことはできない。

ユティスの存在している空間は、時間からも隔絶された場所にあるため、年を取ることも飢え死にする心配もなかったが、それ以外は何もないのだ。

それに、先ほどまでは転移しようとしていた世界を覗き見ることはできていた。

しかし、最後には世界に転移することどころか、世界を覗くことすら拒絶される。

結果、ユティスのいる空間は何もない、ただ真っ白な世界が広がるだけになってしまった。

「あああああ……」

すべてから拒絶されたユティスは……絶叫した。

「ああああああああ！　ここから出してくれええええええええええええ！」

今までの余裕が一切なくなり、必死に腕を振り回し、のたうち回り、もがき続けるユティス。

だが、何をしても結果は変わらない。

誠一と敵対したことで、もはやユティスが受け入れてもらえる世界は一つもなかった。

「そんな、嘘だ！　魔神様！　どうか、どうかお助けを！」

残る希望は、自身が崇拝する魔神のみ。

全知全能である魔神であれば、ユティスの空間に干渉することも可能であり、助けることもできる。

しかし、どれだけ叫んでも、魔神からの返事は永遠に来なかった。

「ま、魔神様？」

全知全能たる魔神であれば、ユティスがどんな状況にいるのか、すでに把握できているはずだった。

だが、こうして今のユティスを助けないということは、魔神がユティスを見捨てたか、はたまた全知全能であるはずの魔神すら知覚できない何か……誠一によって、引き起こされた現象だからに他ならなかった。

ただ、そんなことをユティスが理解できるはずもなく、何の返事もないこの状況に、崇拝していた魔神から見捨てられたと、そう考えるのは自然なことだった。

「い、イヤだ。いやだいやだいやだ……！」

全力で頭が理解することを拒絶するが、現状がユティスを逃さない。

「ま、魔神様ああああああ！　ここです！　ここにユティスはいます！　嫌だ、捨てないで！　魔神様あああああああ！」

プライドも何もかもかなぐり捨て、必死に助けを乞うユティス。

「ああああああああああああああ！」

――こうして、ユティスは二度と世界に降り立つことはなくなるのだった。

喜劇の幕開け

ユティスとの戦闘？　を終え、先に進む俺たち。

相変わらず代わり映えのしない石造りの廊下を歩いていると、再び何かしらの部屋の入り口が見えてきた。

「あ、誠一！　また部屋があるみたいだよ？」

「そうだな。でもやっぱり扉みたいなのはないんだなぁ」

「そうだね。じゃあ部屋のつくりも同じなのかな？」

サリアの言う通り、おそらく目の前の部屋も、先ほどユティスと戦った部屋と同じで、何もない殺風景な部屋であることが予想できる。

……本当に何のための部屋なんだ？　俺たちみたいな侵入者への嫌がらせ？

そう考えてしまうほど、部屋というか、この【魔神教団】の本拠地はよく分からない造りをしていた。

またスルーするだけの部屋かとげんなりしつつ、そこまでたどり着くと……俺たちは息をのんだ。

「こ、これは……！」

そこは今までと打って変わり、石造りからいきなりハイテクな機械がたくさん置かれた部屋へと変化していたのだ。

何て言うか、宇宙人のギョギョンたちが改造した、東の国のお城に近い雰囲気がある。

どちらにせよ、この世界ではまずあり得ない技術なのは間違いなかった。

「な、なんだよ、これ……」

「……ん。変な意匠の部屋。東の国でも見た」

「つ、つまり、宇宙の技術ということでしょうか？」

「その可能性は高いだろうな……」

ゾーラの言う通り、この部屋に使われてる技術も宇宙から持ってきたものなんだろう。

結局、ユティスの能力が何なのかは分からなかったが、デストラやゲンペルなど、『神徒』の能力はこの世界の魔法やスキルとも違う別の力なのは分かった。

だからこそ、俺が地球から来たのと同じで、違う世界からやって来たと言われてもおかしくない。

あれだけぶっ飛んだ能力の持ち主たちなら、宇宙でも全然やっていけるだろうし。

何ならデストラなんて、事象や概念すら殺せそうな雰囲気だったたし、宇宙の法則とか殺しましたーって軽い感覚で移動してそうだ。

部屋の周りを見渡すと、何やら巨大な培養液らしきものが入った装置が並べられており、そこには魔物とも違う、未知の生物たちが静かに収まっていた。

よく見ると、ルーティアの父親であるゼファルさんを助けに向かった際、襲ってきた植物型の魔物も、この装置の中に漂っている。

つまり、あの魔物は【魔神教団】によって生み出された魔物である可能性が高かった。

他にも見たこともない生物たちに驚いていると、サリアが声を上げた。

「誠一！　あれは⁉」

「なっ⁉」

サリアの指差す方に視線を向けると、何とそこには人間が同じように培養液に浸かっているのだ！

「アイツらは……捕まったっていうＳ級冒険者たちじゃねぇか！」

アルの言う通り、その培養液に浸かっている人たちは、『必倒』のガルガンドさんを始めとする、Ｓ級冒険者の皆さんだった。

「おい！　今すぐこの装置を壊して救出するぞ！」

「う、うん！」

アルの声に正気に返った俺たちは、すぐに装置に駆け寄るも、どうすれば解放できるのか分からない。

「こ、これ、どうしたらいいんだ⁉」

「んなこと知るか！　分からなくてもすぐに解放するんだよ！」

「んな無茶苦茶な⁉」

アルの言わんとすることも分かるが、装置を適当に触った結果、さらに大惨事になったら目も当てられない。

どこかに説明書みたいなのないですかねぇ⁉

あるわけがないのは分かってるが、そう思わずにはいられない。文明レベルが低い地球人やこの世界の人間が、宇宙の技術をどうこうできるわけないでしょ！

「えい！」

「サリアさあああん⁉」

ただただ装置の前でわたわたしている俺たちに対して、サリアはじっと装置を見つめると、容赦なく装置を殴った⁉

すると装置から一気に液体が流れ出てきて、そこに収められていたS級冒険者の一人だと思われる女性が出てくる。

「ちょ、ちょっとサリアさん⁉　そんな確認もせず触ると……！」

「でもあそこに壊していいって書いてあるよ？」

「何で⁉」

サリアが壁の一部を指さすと、そこには絵と文字が壁に刻まれていたのだ！

しかも、控えめに主張するように微かに光ってすらいる。

「あれ⁉　そんな文字とか最初からあったっけ⁉」

「ううん。いきなり出てきたよ？」

「だから何で⁉」

いきなり説明書が出現するなんてあり得るの⁉

驚く俺に対して、ユティスとの戦闘時にも聞こえてきた世界の声が、俺だけでなくサリアたちにも聞こえる状態で教えてくれた。

『誠一様が困ってるようでしたので、この施設が教えてくれたのです』

「施設が教えるって何？」

無機物ですよね？　いや、海とか陸とか操ってた俺が今更言えることじゃないけどさ。

確かに困ってたから教えてくれるのはありがたいけど、それなら装置が自動的に解放してくれてもいいんじゃない？　……いや、俺、何を言ってるんだ？　そういう機能が設定されてない限り、装置が自動的に解放って普通しないよね？　ダメだ、混乱してきた。

『誠一様の手を煩わせないように解放するという案もありましたが、ここらで一つストレスを発散していただこうかと思いまして、壊せるようにしました』

「むしろそれがストレスなんですが⁉」

俺のストレス発散のためってどういうことなの？　世界からストレスの心配までされちゃっ

てた感じ？

まあ時々、俺が過ごしやすいようにとか何とか言ってたけども。

「……あれ、ちょっと待て。もし俺のストレスがどうとかって考えるんなら、そもそもあの長い廊下を歩かなくてもよかったんじゃない？」

『そこはあれですね。こうして散々苦労（？）させることで、魔神がすごく強そう感を演出し、最後は道化になってもらうための助走ですよ』

「鬼ですか⁉」

敵ながら哀れだよ！　世界から道化師認定されて玩具にされるなんてさ！

今日、この場所に来るまで散々ヤバい組織感満載だったのに、すでに喜劇が確定してるってどうなってんの？

ほら、サリアたちも微妙な表情になってるじゃん！　やっぱりおかしいって！

これ以上、世界の言葉に耳を傾けると、俺の中の常識が崩壊しそうなので、ひとまず無視して装置に囚われていた人たちを助け出していく。

すると、その中にS級冒険者以外の存在が一人だけいた。

しかもその人物に俺は見覚えがあったのだ。

「あれ？　この人……」

「どうかしたの？」

「ああ。この人、だいぶ前に会話したことがあったからさ……」

「そうなのか？　オレは少なくとも見たことねぇが……誰だ？　S級冒険者は全員知ってるから、コイツがS級冒険者じゃねぇってのは分かるが……」

「この人はスロウさん。まあ俺もたまたま食堂で席が隣だったってだけなんだけどさ……」

そう、S級冒険者でないにもかかわらず、ここに囚われていたその人物は、かつてルルネとデートした際、とある食堂で開催された大食い大会を観戦していた時に、たまたま席が隣になったスロウさんだった。

「席が隣になっただけって……何でそんな奴がここに？」

「さ、さあ……初めて会った時も不思議な人だなって思ったくらいだし……」

そんなやり取りをしていると、静かにスロウさんを見つめていたオリガちゃんが、何かを思い出したように手を叩いた。

「……あ、そうだ。この人知ってる」

「え？」

「……この人、裏の世界じゃ有名人。『死煙《しえん》』って聞いたことない？」

「しえん？」

「はあ⁉　『死煙』だと⁉」

アルはオリガちゃんの言った『死煙』とやらが何なのか分かったらしいが、俺やサリアたちは何のことだか分からなかったので、思わず顔を見合わせた。

するとアルはすぐに教えてくれる。

「まあ誠一たちが知らねぇのも無理はねぇか……『死煙』ってのはオリガの言う通り、裏の世界で有名な暗殺者だ。暗殺する時は必ずどこかに煙が立ち上ることから、その異名が付けられたんだが……何でそんなヤツと知り合いなんだよ！」

「さ、さあ？」

本当にたまたま食堂で会っただけなんだから、そう言われましても。

……本当に偶然なんだよな？　これもまた世界が何か気を利かせて仕組んだとかじゃないよね？

もう世界そのものを信じられなくなりつつあるんですけど。

「ま、まあなんだっていいじゃないか。ひとまずこの人もここに囚われてたわけだし、連れて帰らないと」

「そりゃそうだが……ってどうする？　このまま置いていくわけにもいかねぇし、コイツらを連れて一度戻るか？」

アルの言う通り、ここで囚われていた人たちを解放した以上、そのまま魔神の下に向かうわけにもいかないだろう。

だが、そうなると必然的に冥界を通る必要がある。

初めて冥界に飛ばされた時もそうだったが、冥界から俺たちの暮らす世界への転移は不可能だったからだ。

そのため、もし連れて帰るなら一人一人抱きかかえて、冥界を通り、人間界にまで戻る必要がある。

別にこの場にいる全員を積み重ねて持ち上げるだけなら何の問題もないが、そうすると積み上げられた人たちが苦しいだろうし……。

どうしたもんかと頭を悩ませていると、再び世界から声がかけられた。

『転移します？』

「何でだよっ⁉」

できないって言ってたじゃん！　なんでそれをそっちから提案してくるわけ⁉

「アンタが……というより、冥界が転移できないって言ってたんですけど⁉」

『確かに人間たちが暮らす世界と、冥界では世界そのものが違うので、同じ世界の中で移動する転移魔法は効果がありません。そのため、冥界と人間界を移動するには死ぬか、冥界へと続く門を通る他ないのです』

「そうだったよねぇ⁉　ならどうして――」

『ただ、よくよく考えれば誠一様なら関係ないのでは？　と……』

「何でだよおおおおおおお！」

俺なら関係ないってのやめません⁉　仲間外れ反対！

世界からの言葉に精神的ダメージを負っていると、サリアが首をかしげた。

「うーん、もういいんじゃない？」

「え？」

「よく分からないけど、誠一のおかげで冥界まで戻らなくても、直接この場所から別の場所に移動できるんでしょ？」

「ま、まあ……」

「ならいいよね！　さすが誠一！」

「サリアがそう言うなら……いい、のか？」

もうよく分かんねぇや。

でもサリアの言う通り、今の俺たちからすれば、ありがたいことに変わりはない。

本当はいろいろ言いたいところだが、今回は状況が状況だからな。

「……ひとまず、この場にいる全員を一度、テルベールまで連れて帰ろう。ギルド本部に預けつつ、ランゼさんに報告もしておきたいしな」

特に戦闘らしい戦闘は一切していないのだが、何故かどっと疲れた俺は、解放したS級冒険者たちを集め、そのままテルベールへと一度帰還するのだった。

◆　◆　◆

誠一たちが一度テルベールに帰還した頃。

【魔神教団】のアジトの奥地で、復活した魔神が静かにたたずんでいた。

「……妙な気配が紛れ込んだかと思えば……ようやく消えたな。随分と奥まで来ていたが……」

誠一たちの気配が消えたことを感じ取った魔神は、気配が消えたわけを誠一たちがやられたからだと勘違いしていた。

そうでもなければこの冥界に存在する本拠地から、人間界に一瞬で移動する術はないからだ。

――――しかし、それは普通の人間の場合である。

「妙な気配が消えたのはいいが……神徒どもの気配も感じ取れなくなるとは。まさかとは思うが、相打ちにでもなったか？」

このアジトには元々ユティスが控えていたため、当然誠一たちの相手もユティスがしたことを魔神は分かっていた。

そのユティスの反応もぱたりと途絶えてしまったのだ。

他の神徒たちの気配も、探ろうと思えば何の労力もなく、魔神は探ることができる。

だが、それをする必要が魔神にはなかった。

それは……。

「……まあいい。完全に力を取り戻し、すべてを超越した今、我を止められる者はいない」

誠一たちが本拠地に来ている頃も、各地に散らばった使徒たちの活動により、少しずつだが、確実に負のエネルギーを魔神は得ていたのだ。

その結果、魔神の力は封印される前以上のものとなっており、もはや他の神々すべてを相手にしても負ける気は一切なかった。

以前よりも力を増した魔神は、全知全能を体現し、知ろうと思えばすべてを知ることができ、すべてが魔神の思い通りに動く。

封印前ですら、神として全知全能だったにもかかわらず、今は同格の神々を相手にしてもなお、その全知全能を遺憾なく発揮することができた。

そして、そんな強力な力を得た今、当然他の神々がそれに気付かぬはずがなかった。

『――――まさか、君が復活するとはね』

「来たか」

魔神の前に、無数の光が揺らめき、現れた。

それらは形を得ることなく、静かにその場に漂うと、その状態のまま魔神に声をかける。

その声は、誠一たちがこの世界に来る際、教室のスピーカーから流れてきた神の声と同じだった。

『どうやって僕たちの封印を解いたんだい？』

「そんなもの、我が貴様らを超えたからだ。遥か高みに存在する我を、矮小《わいしょう》な貴様らが封じ込められるはずがなかろう？」

『随分と大きく出たものだ。君も僕たちも、同格の神。無から生まれ、すべてを創り、破壊する者。僕たちより上はなく、僕らはいつだって同じだ』

「はっ！　貴様らはそうやって停滞し続けた。今の立場に満足し、成長することを放棄したのだ」

『違うよ。僕らは成長を放棄したんじゃない。僕らがすべての始まりで、すべての終わりだ。すべては僕らが基準になる。そんな僕らを超えるなんて――』

「これを見ても同じことが言えるか？」

次の瞬間、魔神の前に揺らめく光に、すさまじい『何か』が襲い掛かった。

それは目に見えず、圧力や純粋な力でもない。

この世に存在するすべてが、魔神から発せられる正体不明の『何か』を的確に表現する術を知らなかった。

そんな『何か』に襲われた光の揺らめきたちは、魔神の力に生まれて初めての動揺というものを経験した。

『これ、は……!?』

「貴様らが基準だと言い切った先の力だ。そもそも、この世に本当の意味で完成された存在など何一つないのだ。何故か？　そんなものがあったとすれば、その唯一無二こそがただそこに在るだけでいいからだ。宇宙や世界など不要なものを創る理由が一切ない。だが、現に宇宙は、世界は存在している。それは生み出した我々が不完全に他ならないからだよ。我々という存在が、完全なものが存在しないという証左なのだ。ならばこそ、決してたどり着くことのない力を求めた我が、貴様らを圧倒するのは当然だろう？」

『それなら、もう一度封印させてもらうよ』

神がそう告げると、魔神の周囲に幾重もの魔法陣が出現する。

そして魔法陣は徐々に狭まり、魔神を封じ込めようとするも、その魔法陣は魔神から放たれる『何か』に触れると、一瞬で壊れた。

『な……』

「まだ貴様らごときが我を封じられると思っているのか？　これだから成長の余地がない神々はつまらん」

勝ち誇るように告げる魔神に対し、圧倒された神は絞り出すように声を出す。

『君は……何がしたいんだ……？』

「何がしたい？　簡単だ。すべてを滅ぼす。それだけだ」

『な――――』

「言っただろう？　完全な存在がいるのなら、その存在一つあるだけでいいと。その唯一無二に、我はなるのだ。そのために、我はすべてを滅ぼす。我という唯一無二を生み出すために……！」

そう嗤《わら》う魔神は、どこまでも狂気的だった。

初めはこの星に封印されたことで、封印した神々への復讐こそが魔神の目的だった。

だが、封印を解く段階で得た負の力により、どんどんその力はどす黒く染まっていき、今はもう、他の神々を滅ぼすことではなく、すべてを消し去ることで、自分一人という完成された世界を生み出すことこそが目的へと変わっていた。

そのため、復活するまで尽力してきた使徒や神徒たちももはや眼中になく、ただただ狂気的に自分という存在のみを追い求めるようになっていたのだ。

「さて、貴様らをここで消し去ってもいいが……それでは面白くない。他のすべてを滅ぼした後、貴様らを最後に消し去ってやろう」

『待っ――――』

神が何かを言おうとした瞬間、再び魔神から得体のしれない『何か』が放たれると、光の揺らめきは一つ残らず消えてしまった。

ただ、光の揺らめきが消滅したとはいえ、魔神の言う通り神たちは完全に消滅したわけではなく、ただこの冥界や誠一たちのいる世界への干渉を魔神によって止められたのだ。

「くく……まずは手始めにこの星から滅ぼしてやる。それまで貴様らに邪魔はさせん。せいぜい外から世界が滅びゆくさまを見ているがいい」

すでに消えてしまった神々にそう告げると、魔神は高笑いを上げる。

「フフフ……アハハハハ！　さあ、滅びゆく世界の幕を開けよう！」

これから起こる惨劇は、魔神にとっての喜劇となる――――。

「ハハハハハハハハハハハハハハハハハハハハハハハハハハハ！」

しかし、魔神は知らなかった。

――――その喜劇の主役が、他ならぬ自分自身であることを。

番外　合流するFクラスの女性陣

神無月華蓮《かんなづきかれん》たちがルイエスに保護されている頃、ヴァルシャ帝国の【封魔の森】に、バーバドル魔法学園の元Fクラスメンバーであるフローラ・レドラント、レイチェル・マダン、イレーネ・プライムが訪れていた。

「ま、まだ着かないの～？」

「そう言われても～……私にはどうすることもできないですよ～」

「そりゃそうだけどさ～！　ねぇ、イレーネ、本当にこっちで合ってるんだよねー!?」

そんなフローラの言葉に対し、イレーネは顔色一つ変えずに答える。

「当然です。この完璧で美しい私に、間違いなどあり得ません」

「完璧はともかく、美しさは関係ないでしょ……」

「馬鹿ですか？」

「酷い！」

それぞれ慣れない森の中を移動しつつも、多少は鍛えていた三人であるため、そんなやり取りをする程度の余裕は残っていた。

二人のやり取りに苦笑いを浮かべていたレイチェルは、改めて森の中を見渡す。

「それにしても……こんな場所があるんですね～。まさか魔法が使えないなんて思いませんでした～」

「そうだね。ヘレンって元々あんなに強かったのに、魔法が使えないのが不思議だったんだけど……この場所を考えると、環境によるものが大きかったのかもねぇ」

　フローラもレイチェルの言葉に続く形で周囲を見渡す中、やはりイレーネだけは涼しい顔をしていた。

「魔法が使えないのは確かですが、私たちにはあまり関係ないでしょう」

「ええ？　なんでだい？」

「誠一先生に出会うまでは魔法が使えなかったのですから。今更使えなくなっても問題ありません」

「いや、そうかもしれないけどさ……ほら、せっかく使えるようになったのに、結局使えないのは困るでしょ？」

「魔法の便利さを知った以上、普段であれば困るとは思いますが、現時点ではこの環境は私たちにとって、都合がいいはずです。追手も私たちと同じで魔法が使えないでしょうから」

「あ、そっか！　ボクたちは魔法がないのに慣れてるけど、向こうはそうじゃないもんね！」

　イレーネの言葉に納得の表情を浮かべるフローラ。

　そして、レイチェルは少し不安そうにしながら背後を振り返った。

「で、でも～……ちゃんと逃げ切れるでしょうか～？」

「……そこに関しては何とも言えませんね。スキルで周囲を探りながら進んではいますが、相手もそれくらいは想定してるでしょうし……」

そう、イレーネたちはとある集団から追われていたのである。

というのも、元々バーバドル魔法学園がカイゼル帝国によって封鎖され、故郷に帰ることになった三人だが、故郷もすでにカイゼル帝国によって占領されており、虐《しいた》げられることが目に見えていた。

力のない一般人であればまだ別の選択肢もあったかもしれないが、三人はある程度の戦闘力を持ち、さらに見た目もよかったため、場合によってはカイゼル帝国にそのまま連行され、好き勝手される可能性も高かった。

それを見越していたイレーネは、故郷に帰る途中でフローラたちと合流し、様々な情報を得た。

そこで、いまだカイゼル帝国の手に落ちていないヴァルシャ帝国とウィンブルグ王国の存在を知ったことで、一番現在地から近く、なおかつヘレンの出身地であるヴァルシャ帝国へ向かうことが決まったのだ。

ただし、イレーネたちはバーバドル魔法学園から故郷に帰る中、カイゼル帝国が安全に送り届けるという名目の、実質監視がついた状態だったため、その監視の目から逃れ、移動した結果、それに気付いたカイゼル帝国の兵士たちが追いかけてきていたのだ。

「もし見つかったら、どうなるの？」

「もちろん連行されるでしょうね。それこそ次は逃げられないように、身動きが取れない状態にされることも想定されます」

「うへぇ……それは嫌だなぁ」

「呑気に構えてますが、結構危ない状況ですよ？　私を含め、見目麗しい女子がこうして集まっているのです。男どもの劣情を向けられる可能性は非常に高いでしょうね」

「……容姿を褒めながらサラっと怖いこと言わないでよ」

イレーネの言葉に、フローラは何とも言えない表情を浮かべた。

「まあボクたちの状況は理解したわけだけど、二人は家族とか大丈夫なの？　ボクは元々孤児だから関係ないんだけどさ～」

「私の家は道場をやってるような家系なので～……何かあっても大丈夫だと思いますよ～」

「そう言えばレイチェルってふわふわしてる割に、結構武闘派だったたね……」

「私も問題ありません。私の両親ですから、私の思考を上手く読み取り、完璧に動いてくれるでしょう」

「やっぱりイレーネの両親というだけあって、似てるんだね……」

「そう言えば、ヴァルシャ帝国に逃げたところで匿ってもらえるんでしょうか～？」

「あ、そう言えば……ヘレンとは友だちだけどさ、国として保護してもらえるか分からないよね？」

レイチェルとフローラの発言に、イレーネは頷く。

「そうですね。ただ、どのみち私たちには選択肢がありません。もしダメなら、ウィンブルグ王国まで行かなくてはいけませんが……国境ではカイゼル帝国が監視してるでしょうし、難しいはずです」

「まあここで考えても仕方ないし、ひとまず行くしかないかー」

ため息を吐きながらフローラがそう口にした瞬間だった。

「止まってくださいっ！」

いつものふわふわとした雰囲気とは異なり、鋭い制止の声を上げるレイチェル。

その様子にフローラもイレーネもすぐさま武器を構えると、森の中から数人の男たちが姿を現した。

「おっと、バレねぇように近づいたんだが……よく気付けたなぁ？」

「……先回りされてましたか」

森の茂みから現れたのは、カイゼル帝国の兵士たちだった。

兵士たちはそれぞれ武器を構えており、下卑《げび》た笑いを浮かべている。

「残念だったなぁ？　あと少し早けりゃ逃げられたのかもしれねぇが……ここまでだ」

兵士の一人がそう告げると、イレーネたちの進行方向だけでなく、背後にも兵士たちが回り込んでおり、逃げ場が封じられていた。

イレーネたちは武器を構えつつ隙を窺《うかが》うも、元々学生であるイレーネたちとカイゼル帝国の兵士たちでは経験の差が大きく、とても逃げ出せそうになかった。

「逃げようったって無駄だぜ？　未遂とはいえ、俺たちを出し抜いたんだ。ここで追いついた以上、逃がすような真似はしねぇよ」

「……」

「いいねぇ、その表情……その顔を見ると蹂躙《じゅうりん》したくなるぜ……」

笑みを深める兵士に対し、別の兵士も口を開いた。

「隊長～。俺たちで先に楽しみませんかぁ？　どうせ連れて行ったらいつ回ってくるか分からないですし」

「そうそう！　それくらいの役得があってもいいでしょう？　こんな上玉、そうそうお目にかかれねぇぜ」

「へへ……それもそうだな。んじゃあサクッと捕えて、楽しませてもらおうかねぇ？」

徐々に包囲網を狭めてくるカイゼル帝国たち。

この状況にイレーネたちは体を固くしながら、何とか状況を打破しようとしていた……その時だった。

「――はあああああっ！」

「なっ⁉　どこから……ぎゃああああっ！」

カイゼル帝国の兵士たちの後ろから、カイゼル帝国の兵士とは違う鎧姿の兵士たちが姿を現し、そのまま攻撃を仕掛けたのだ。

突然の襲撃にカイゼル帝国側が慌て、イレーネたちも呆気にとられたが、すぐに正気に返る。

「フローラ、レイチェル！」

「う、うん！」

「はい〜！」

三人は武器を構えると、近くの兵士に突撃し、包囲網から抜け出そうとした。

「クソがっ！　ガキの分際で調子に乗ってんじゃねぇぞ！」

「ハアッ！」

イレーネは手にした大鎌を素早く振るうと、兵士たちの攻撃を捌いていく。

「ボクも負けないよ！」

「私だって……！」

そんなイレーネに続き、フローラとレイチェルも迫りくるカイゼル帝国の兵士たちを相手にしていると、カイゼル帝国も逃がすまいとより迫って来た。

「逃がすかあああ！」

「イレーネ⁉」

そのカイゼル帝国兵は、別の兵士を相手にしていたイレーネの死角から襲い掛かったため、イレーネは反応が遅れ、防御が間に合わない。

フローラたちもすぐにその攻撃を防ごうとするが、他のカイゼル帝国の兵士たちを前に、その攻撃を防げそうになかった。

カイゼル帝国兵の剣が、まさにイレーネに触れる直前、別の場所から鋭い何かが飛んできたことで、イレーネへの攻撃は防がれた。

「なっ⁉」

「――――知り合いに手を出してんじゃないわよ！」

その攻撃は、まさにイレーネたちが会いに向かっていたヘレンによるものだった。

ヘレンはそのままイレーネたちを庇うように立つと、周囲のカイゼル帝国の兵士たちに相対する。

「ヘレン！　いくらヘレンでも、軍人相手じゃ……！」

フローラは何故この場にいるのかなど色々聞きたいことはあったものの、それよりもヘレンの行動に対して声を上げた。

ヘレンが強いことはこの場にいる三人はよく理解していたが、それでも本職の軍人を相手にできるとは思えなかったからだ。

だが……。

「大丈夫よ」

「え？」

――そこからは、一方的だった。

ヘレンは両手に構えた短剣を素早く振るうと、次々とカイゼル帝国の兵士たちを切り伏せていったのだ。

しかも、カイゼル帝国の兵士たちはヘレンの動きを捉えられず、文字通り手も足も出ないまま、倒されていく。

「す、すごい……！」

「あの力、どうやって……」

クラスメイトの成長を遂げた姿に、つい逃げることも忘れ、見惚《みと》れる三人。

すると、そのままヘレンは近くにいたカイゼル帝国の兵士たちをすべて倒してしまい、さらに別の襲撃者たちも残りの兵士たちをすべて倒し終えた。

そこで三人はその襲撃者が、ヴァルシャ帝国の兵士たちだということに気付き、本当の意味で助かったことを知る。

カイゼル帝国の兵士たちが倒されたことで、ようやく息をつくことができた三人は、その場に座り込んだ。

「た、助かったあああ！」

「ど、どうなるかと思いました〜……」

そんな三人に対し、倒したカイゼル帝国の兵士たちを縛り上げるよう、ヴァルシャ帝国の兵に指示を出していたヘレンは、改めて三人に近づいた。

「ちょっと、どうしてアンタたちがここにいるのよ？」

「ヘレン。貴女に会うためです」

「え、私に？」

驚くヘレンに対し、イレーネは今までのことを静かに語り始めるのだった。

◆◆◆

「……なるほどね。カイゼル帝国から逃げるためにここに来たと……」

すべての説明を聞き終えたヘレンは、あきれた様子でため息を吐いた。

「理由は分かったけど、いくら何でも無茶苦茶よ。もし私が来てなかったら、どうするつもりだったのよ」

「……どうしようもなかったでしょうね。ですが、ヴァルシャ帝国に近づいておけば、私たちがカイゼル帝国の兵士と戦うと、その異変を察知してヴァルシャ帝国が偵察くらいは出してくるだろうと予測していたんです。本当なら見つかる前にたどり着ければよかったんですけど、最低でもヴァルシャ帝国に近い場所まで移動できるようにここまで来ました。結果は成功です」

涼しい顔をしてそう告げるイレーネに、ヘレンはますます呆れた表情を浮かべた。

「まったく……アンタ、本当に変わらないわね」

「当然です。それに、カイゼル帝国から逃げ出さなければ、どのみち私たちは酷い目に遭っていたでしょう。この完璧な美貌《びぼう》を誇る私です。それはもう、口にするのもおぞましい行為を私に……！」

「……本当に、変わらないわね」

イレーネの相変わらずの自分に対する絶対的自信を前に、ヘレンは顔を引きつらせた。

すると、フローラが興奮した様子で訊く。

「そうだ！　ヘレンってあんなに強かったっけ!?　あ、もちろん学園にいる頃から強かったのは知ってるけど、その時以上じゃない!?」

「そうですね～……それに、ヴァルシャ帝国の兵隊さんも、ヘレンちゃんに恭しく接していますし～……」

「ああ……私の出身は知ってても、私がどういう立場かは知らないのね。あんまり言いふらすようなことでもないけど、私、こう見えてこの国の皇女なのよ」

「「へ？」」

「まあ第二皇女だけどね」

「なるほど……だから兵士たちの態度があそこまで丁寧なんですね」

ヘレンの告白に驚くフローラとレイチェルだったが、イレーネだけは冷静に頷いていた。

「いやいやいや！　なんでイレーネは冷静なのさ⁉　てっきりウチのクラスってブルードだけが王族だと思ってたよ！」

「まあブルードと同じように平民の血が流れてるし、別の姓を名乗ってたから、知らなくても当然だけど。それと、何で私がここまで強くなったのかといえば……まあ誠一先生のおかげね」

「え、誠一先生⁉」

予想していなかった人物の名前に、三人は目を見開いた。

「そう。この国、今はカイゼル帝国の脅威から逃れられてるけど、少し前はこの国も危うかったの。それこそカイゼル帝国と戦争状態だったわ。それを何とかするために、私は誠一先生についていて行くことで、力を得ようとしたんだけど……その結果、私は『超越者』の仲間入りをし、そのうえその力は使う間もなく誠一先生によって直接戦争が終わらされちゃったのよ……」

「先生無茶苦茶だね⁉」

「さすが誠一先生です。私に並ぶ完璧なだけあります」

「いや、完璧とかの次元じゃないよ⁉」

「一人で戦争終わらせるとか、普通は信じられないですよね〜」

驚くフローラに対し、レイチェルは苦笑いを浮かべることしかできない。

というのも、普通であればとても信じられるような内容ではなかったが、ここでその話の中心人物が誠一であるというだけで、すでに話は大きく変わるからだ。

ヘレンは再度ため息を吐くと、優し気に笑う。

「まあでも……その力がこうして活かされて、アンタたちを助けられたんだし、よかったわ」

「ヘレン……！」

目を輝かせるフローラに、ヘレンはつい顔を逸らし、話を変えた。

「そ、それで、この国に逃げてきたってことだけど、家族はいいの？」

「それに関しては三人とも大丈夫です」

「そう。まあ一番安全なのは誠一先生のいる場所でしょうけど……この国も強くなったから、安心してちょうだい。三人とも保護するわ」

ヘレンの言葉に、イレーネたちは顔を見合わせると、ほっと一息ついた。

しかし、次の瞬間、ヘレンはニヤリと笑う。

「まあでも、ただで保護するわけにもいかないし……ちゃんと働いてもらうからそのつもりでね？」

「うっ……はーい」

「こればかりは仕方ないですね～」

「任せてください。どんな仕事でも完璧にこなしてみせますよ。この完璧美少女である私が……！」

こうして、イレーネたちは無事にヴァルシャ帝国に保護してもらえるのだった。

番外　保護されし勇者たち

「「はっ⁉　誠一君／せいちゃんが増えた……⁉」

「何言ってんだ……？」

王都テルベールへ向かう道中、いきなり華蓮と勇者組の一人である世渡愛梨《せとあいり》が揃って叫んだ。

――カイゼル帝国の兵士たちの下から、ウィンブルグ王国へ逃げ出した神無月華蓮たち。

あと少しでウィンブルグ王国にたどり着くという場面で、カイゼル帝国に追いつかれ、絶体絶命となっていた中、空から飛来した謎の斬撃により、運よく逃げ切ることに成功した。

そのうえ、逃げた先でちょうど国境付近に集まっているカイゼル帝国兵たちの真意を探るべく派遣されたルイエスたちにより、無事保護されたのだ。

そんな経緯もあってか、他の面々は非常に疲れた様子を見せていたが、華蓮と愛梨の二人は何故か元気だったのだ。

「翔太《しょうた》君は分からないのか⁉」

「そうっスよ！　せいちゃんが増えたんすよ⁉」

「ますます意味が分からねぇ……」

華蓮と愛梨の言葉を受け、高宮《たかみや》翔太は頭を抱えた。

　すると、途中で華蓮たちと合流したバーバドル魔法学園の生徒の一人であるブルードが、あきれた様子で口を開く。

「そこの女は疲労で頭でもやられたのか？　ここに来るまでの冷静さや知性はどうした？」

「そんなものが誠一君を知るうえで必要だとでも？」

「……誰か頭に回復魔法をかけてやれ」

「せ、正常だから！　この人、これが平常運転だから！」

「なお恐ろしいわ」

　正確なブルードのツッコみに、翔太は慌ててそうフォローするも、それはとてもフォローとは呼べるものではなかった。

　すると、黙ってやり取りを聞いていた、今回華蓮たちを保護したルイエスが、首をかしげながら訊ねる。

「あの……一つ聞いてもいいでしょうか。先ほど師匠が増えたとおっしゃっていましたが……」

「ん？　師匠……ああ、誠一君のことですか。ええ、文字通り、誠一君が増えたんですよ」

　華蓮の言葉にそうだそうだと頷く愛梨。

　しかし、そんなことを言われても普通は信じられないため、翔太は再度頭を抱えた。

　だが、そんなとんでもない説明を受ける中、ルイエスは納得の様子で頷いた。

「なるほど。増えましたか」

「信じるんですか⁉」

すかさずツッコむ翔太に対し、ルイエスは何てことなさそうに答える。

「ええ。師匠なら特別不思議ではないですから。いつか増えると思ってました」

「増えると思ってたの⁉　誠一、お前何やらかしてんだよ……！」

謎の信頼感を得ている誠一に対し、翔太はただ困惑するしかない。

そんなやり取りを見ていた高宮美羽《みう》と荒木賢治《あらきけんじ》は顔を見合わせる。

「……誠一お兄ちゃん、何やらかしたんだろ？」

「さ、さあな。でも、昔から誠一ってどこかズレてたし……」

「本人は否定してたけど、誠一お兄ちゃんのお父さんとお母さんもだいぶ変わった人だったし、誠一お兄ちゃんも十分変だったよね」

「バーバドル魔法学園で再会した時も思ったが、相変わらず俺たちの想像の斜め上を突き抜けてやがるからなぁ……」

賢治はここにいない誠一のことを考え、つい苦笑いを浮かべた。

すると、とても誠一が増えたなんてことが信じられない翔太は、学園で近くにいたブルードたちに尋ねる。

「な、なあ、誠一が増えたって、普通に考えればおかしいよな？」

「「「……」」」

「その沈黙は何なんだよ……⁉」

ブルードたちは揃って視線を外すと、気まずそうにした。

「あー……その、何だ。そこの女の言うことをよくよく考えてみたんだがな……」

「兄貴なら、増えるくらい余裕でしてそうだなぁってよ……」

「う、うん。信じられないかもしれないけど、誠一先生なら信じられちゃうっていうか……」

「逆に増えない方がおかしいかもしれない」

「どうなってんだよ……！」

いつもなら、誠一がツッコみに回るはずが、この場にはすでに誠一の非常識かつぶっ飛んだ行動に慣れてしまった人間しかいないため、翔太が必要以上にツッコむ羽目に。

だが、華蓮はそんな翔太の肩を優しく叩いた。

「まあいいじゃないか。誠一君が増えたんだ。何も問題はない」

「そうっスよ！」

「問題しかないんですが？」

同じ人間が増えることのどこが問題ないのか、翔太には理解できなかった。

華蓮と愛梨からすれば、誠一が増えたという事実だけで嬉しいことであり、何の問題もないのだ。

　すると、華蓮たちと同じく誠一が増えたことに納得していたルイエスは、別の意味でも誠一が増えることを歓迎していた。

「しかし……本当に師匠が増えたのであれば、とてもいいことですね」

「その……何がいいんでしょう？」

「究極の安心が手に入りますから」

「究極の安心？」

「師匠がそこにいるというだけで、どんな問題も解決が約束されます。しかし、師匠は一人しかいませんでした。それが師匠が二人になったことで、その安心感を得られる場所が増えるのです」

「本当に誠一の話してます？」

　翔太はそう訊かずにはいられなかった。

　少なくとも、翔太の知る幼馴染《おさななじみ》の誠一はそんなぶっ飛んだ存在じゃないからだ。

　だが、ルイエスを初め、異世界の人間たちの反応を見るに、その言葉がすべて正しいことを示しているからこそ、翔太は混乱するのである。

　ただ翔太としても、言われてみればバーバドル魔法学園で誠一がSクラスの教師を圧倒していたり、学園を襲撃してきたデミオロスを簡単に倒すなど、普通ではない様子は何度か確認する機会はあった。

もはや頭がパンクしそうになった翔太は、最後にはこの話に関して、考えるのをやめ、別の話題を出す。

「そう言えば、これから俺たちはどうなるんですか？」

「そうですね……一度陛下に会っていただきつつ、そこでカイゼル帝国の状況などを含め、改めて説明をしていただくことになるかと」

「なるほど……」

翔太はルイエスの話を聞きつつ、本当に助かったのだと改めて実感した。

「誠一のヤツも無事だといいんだが……」

「誠一君の無事は当然として、まず初めに増えた誠一君を探すぞ！」

「任せるっスよ！」

「人の話聞いてました？」

完全に暴走を続ける華蓮に、翔太はどんどん疲弊していくのだった。

番外　ガッスル式ブートキャンプ

ある日、ムウは守神ヤイバと月影エイヤを連れ、冒険者ギルドへと向かっていた。

「むふー！　楽しみだのぉ！」

「はぁ……」

「我々としては気が乗らないのですが……」

エイヤの言う通り、ムウ一人だけテンションが高かったが、護衛であるヤイバたちは反対にどんよりとした気配を纏っていた。

その訳は……。

「たのもー！」

「――――もっと……もっとぶってえええええええええ！」

「「帰りましょう!!」」

冒険者ギルドにたどり着き、ムウが元気よく扉を開いた先には、半裸のおっさん冒険者が、亀甲縛《きっこうしば》りで吊り下げられたまま恍惚《こうこつ》とした表情を浮かべているところだった。

その姿を確認するや否や、ヤイバとエイヤは光の速度で扉を閉める。

するといきなり冒険者ギルドから引っ張り出されたムウは、不満げな表情を浮かべた。

「何をするんじゃ！」

「ダメでござる。ええ、とてもダメでござる！」

「む、ムウ様。こちらの建物はムウ様にはまだ早いかと……」

「子ども扱いするでない！　余は二人より年上じゃぞ⁉」

「「はっ⁉」」

ついつい幼い見た目や行動に忘れそうになるが、ムウはヤイバたちどころか、この世界の中でもトップクラスの年齢を誇り、子供とは一番程遠い存在だった。

だが……。

「そ、それでもダメです！　ここは人間の来る場所じゃありません！」

「なんじゃと⁉　じゃ、じゃああそこにいるのはなんだと言うんじゃ⁉」

「変態です！」

「変態⁉」

全く歯に衣着せぬ物言いに、つい目を見開くムウ。

確かにムウは年齢こそこの場にいる誰よりも上だったが、その出自から、心は幼く、世間知らずだった。

だからこそ、ムウは驚いたかと思えば、すぐに首をかしげた。

「変態……って何がじゃ？」

「へ？」

「あの部屋に何かおかしいものがあったかの？　余にはとても嬉しそうにしておる男が見えただけじゃが……」

「それがダメなんですけど!?」

「何故じゃ？　何故あの男が嬉しそうなのがダメなのじゃ？」

「うっ!?」

嬉しそうにしている男性がいるのは間違いではない。

ただ、その方法が特殊すぎたがゆえに、エイヤたちはムウを冒険者ギルドから引き離したかった。

しかし、方法が特殊とはいえ、そのことで迷惑（？）をかけているわけでもないため、ムウの純粋な疑問はエイヤたちの言葉を詰まらせた。

そんなエイヤたちに対し、あきれた様子で腰に手を当てる。

「全く……二人は過保護すぎるんじゃ。これでは余が何のために外に出てきたのか分からんではないか！」

「そ、それは……」

「……まあ二人が余のことを心の底から心配してくれてるがゆえの言葉だとは理解しておる。しかし、もう少し余のことも信頼してくれてよいのではないか？」

ムウが少し悲しそうにそう言うと、ヤイバたちは慌てて頷いた。

「も、もちろんでございます！」

「拙者たちはどこまでもムウ様を信じておりますぞ！」

「うむ！　ならば問題ないな！　ほれ、さっさと行くぞ！」

ヤイバたちの言葉を聞いたところでコロッと態度を変えたムウは、何事もなかったかのようにギルドの中へと入っていった。

その姿に思わず呆気にとられた二人だったが、慌てて後を追って中に入る。

すると……。

「はぁ……はぁ……よ、幼女ががこんな所に……！」

「死ねええええええええ！」

「ぐぼあああああああああああ⁉」

「ウォ、ウォルター氏ぃぃぃぃいいい！」

鼻息を荒らげた『幼子の守護者』ウォルター・ベラットが、ヤイバとエイヤの攻撃を受け、大きく吹き飛ばされた。

ギルド内のテーブルやイスを破壊しながら吹き飛ばされたウォルターは、そのまま壁に激突すると、満足そうな笑みを浮かべつつ、サムズアップする。

「よ、幼女を守る女騎士……最高……ですぞ……」

「ウォルター氏ぃぃぃぃいいいいい！」

慌てて駆け寄った『包み隠さぬ者』スラン・アルガードは、力尽きたウォルターを抱きかかえて慟哭《どうこく》した。

その様子を見ていた『血で染まる破壊者』グランド・ローゼンは、珍しく神妙な面持ちで頷いていた。

「うんうん、いい破壊っぷりだ」

「……やっぱりこのギルドはダメでござるよ……」

癖の強すぎる冒険者たちを前に、歴戦の戦士であるヤイバたちは打ちのめされていた。

そんな苦労も知らず、楽しそうにずんずんとギルド内を進んでいくムウは、受付にたどり着くと、元気よく手を上げる。

「たのもー！　ガッスルはいるかの？」

「あら、ムウ様。少々お待ちくださいませ」

ムウが来たことに気付いたエリスは、今まで鞭打っていたおっさん冒険者を蹴飛ばすや否や、一瞬にして着替え、受付に戻って来た。

その様子にムウは特に驚いたりはしていなかったが、ヤイバたちはあまりの変わり身の早さに、呆然とする。

「お待たせしました。それで、ギルドマスターに用事があるんですか？」

「うむ！　ガッスルが登録した時に言っていたように、余も肉体美を手に入れるために来たのじゃ！」

「ムウ様⁉」

実はギルド本部にどんな用事があったのか、ヤイバたちは把握していなかった。

というのも、そもそもギルド本部に近づけること自体が反対だったため、立ち寄らない前提でいたからだ。

すると、ムウの言葉に反応するかの如く、勢いよくギルドの扉が開かれる。

「話は聞かせてもらったあああああああ！」

「そ、その声は⁉」

ギルドの入り口に現れたのは、しっかりとポージングを決めているガッスルだった。

ガッスルは輝く白い歯を見せつつ、すべてを受け入れるように手を広げる。

「ウェエエエエエルカアアアアアム！　筋肉の世界へえええええええ！」

「むほおおおおおお！」

これでもかというほどに自身の肉体を見せつけるガッスルに、ムウはこれ以上ないほどの興奮を見せた。

その興奮に、ガッスルもますます気を良くする。

「いい反応だ、ムウ君！　君もこの肉体美のよさが分かるようだね⁉」

「分かる、分かるぞ！　余にもそのよさが……！」

「欲しいかね？」

「ほ、欲しい！　余はその肉体美が欲しい……！」

目を輝かせるムウに対し、ガッスルは大きく胸を張った。

「ならば私が与えよう！　そう――ガッスル式ブートキャンプでねっ！」

◆　◆　◆

これから運動するということで、いつもの服装から動きやすい物へと着替えたムウ。

着替え終えると、そのままガッスルに訓練場まで連れられた。

そこはあまり使用者がいないため、多くの人間に知られていないが、実はギルド本部の裏に併設されていたのだ。

そんな便利な場所があるにもかかわらず、何故誰も使わないのかというと、それは単純にギルド本部の冒険者たちが強さより、欲望を優先しているからに他ならない。

だが、欲望を優先した結果、彼らはその欲望を貫くため、自然と強い力を手に入れていたのだ。

しかし、そんな事情を知らないヤイバたちは、予想以上にしっかりとした設備に驚く。

「こ、こんないい設備があるとは……」

「しかし誰も使ってないとはどういうことなんだ……」

「まあここの冒険者には必要ないからな！」

「もったいなさすぎる……」

本来、訓練を推奨する立場にいるはずのガッスルの言葉に、二人は頭を抱えた。

それと同時に、ヤイバは何とか思いとどまるよう、ムウに声をかけた。

「む、ムウ様。どうかお考え直しを！」

「嫌じゃ！　余はこれを機に、ガッスルのような肉体美を手に入れるのじゃ！」

「それだけは……それだけはご勘弁《かんべん》をおおおおお！」

ムキムキマッチョになったムウが、ガッスルの横に並んで白い歯を輝かせながらサイドチェストを決めている様子を思い浮かべ、ヤイバとエイヤは必死に追いすがった。

だが、もはや二人の様子など目にも入っていないムウは、興奮した様子でガッスルに声をかける。

「余は準備できておるぞ！　どうすればいいんじゃ⁉」

「いい心意気だ！　ならば、早速効率のいい筋トレを……と、言いたいところだが、ムウ君には最初に別のことをしてもらう」

「別のこと？」

「うむ。それは……自分の肉体を誇ることだっ！」

「ぬ、ぬおおおお⁉」

ガッスルはそう告げながら、フロントラットスプレッドポーズを決めた。

その輝く筋肉を前に、ムウは鼻息を荒くする。

「どうだね、ムウ君⁉　私の筋肉は⁉」

「す、すごい、すごいのじゃ！　とても神々しいんじゃあああ！」

「HAHAHA！　その通り！　私の筋肉は、日頃の鍛錬により、鍛え抜かれ、ここにある。だがしかああああしッ！　ただ苛め抜くだけではいい筋肉は育たないっ！　己を覆う筋肉は、素晴らしい物だと、誇りを抱くことで真なる力を発揮するんだっ！」

「ほ、誇りを抱く……！」

「そうだっ！　さあ、ムウ君も！　最初はポーズなど気にしなくてもいい！　思うがまま、自分の肉体を誇らしげに見せつけて見るんだっ！」

「わ、分かったのじゃ！」

ムウはガッスルに言われるまま、自分なりのポージングをして見せる。

「こ、こうかの？」

「ムウくぅぅぅううううん！　そんなものでは全ッッッッ然足りんッ！　君の筋肉《誇り》はその程度なのか⁉」

「こ、こうかのぉ！」

「まだまだまだああああああああああああああ！」

「こうかのぉぉぉぉおおおお!?」

どんどんヒートアップしていく二人。

もはや最初からついていけていないヤイバたちは、呆然とその様子を眺めることしかできなかった。

そのまま日が暮れるまで己の肉体と向き合ったムウは、筋トレなどしていないにもかかわらず、すでに疲労困憊《こんぱい》となっていた。

「も、もう動けないのじゃ……」

「うむ、今日はここまでだな。筋肉を鍛え上げるのは鋼と同じだ。適度に休ませる必要がある。これ以上は筋肉によくないからな！」

ムウと同じだけ全力で肉体を披露し続けたにもかかわらず、軽く汗を流すだけに留まっているガッスル。

最初こそ、個性が強すぎるその様子に疲弊《ひへい》していたヤイバたちも、このガッスルの体力の多さに驚愕していた。

「た、ただの変態じゃなかったでござる……」

「あれだけ動いてまだ余力があるとは……外つ国は化け物しかいないのか……？」

誠一が聞けば全力で否定しそうだが、ギルド本部に限って言えば、その表現も間違っていなかった。

何とか息が整ったムウは、起き上がると同時に己の体を見下ろした。

「これが、余の体……」

「そうだ。その肉体は、君の物だ。誰のものでもない。たった一人の……君だけのものだよ」

今まで己の心を封じることで、すべてから目を逸らしてきたムウ。

強大な力を持っていたからこそ、肉体というものに頼ることもなく、結果として弱い精神は封じられ、空っぽな肉体だけが年を重ね続けていた。

そんなムウの肉体は、今初めて全力で動いたことで、ムウにかつてない感動を与えていた。

激しく鼓動する心臓が、疲れながらも存在を主張する筋肉が、確かにムウが生きていることを告げていたのだ。

静かに自分を見下ろしていたムウは、ポツリと呟く。

「余は……とても恵まれておるな。よい仲間に恵まれ、こんなにも元気な肉体があるとは……」

「そうだ。君の体を一番大切にできるのは、君自身なんだ。その素晴らしい肉体に見合った人間を目指したまえ。私もまだまだ成長の途中だがね！　HAHAHAHAHA！」

「ふふふ……あはははは！」

ガッスルの笑いにつられ、大きく笑うムウ。

東の国という狭い世界から飛び出したことで、ムウは初めて生を謳歌《おうか》するのだった。

番外　初代魔王と今の魔王

初代魔王であるルシウスは、【黒龍神のダンジョン】に向かう前に、魔王国へと立ち寄っていた。

この旅には魔王軍も帰還するために付いて来ており、ルシウスに魔王国内を案内することに。

「――――ざっと今の魔王国はこんな感じです」

「なるほどねぇ」

魔王軍の第三部隊隊長であるレイヤ・ファルザーの説明を受け、ルシウスは一つ頷いた。

「土地の名前とかは変わってないみたいだけど、やっぱり建物や雰囲気は全然違うんだねぇ。僕が魔王してた時は、人間との戦いに手いっぱいで、あんまり国内の方に力を注げなかったし」

「それは……」

ルシウスの言う通り、こうして現代に蘇る前のルシウスたちの時代では、魔族と人間の戦闘がより苛烈だった。迫害される魔族を率いて国を興したはいいものの、それをよく思わない人間たちを相手に日々戦争を続けていた。

今でこそ、ルーティアとランゼの会合で人間とも共存していけるように進んでいるが、当時はそれどころではなかった。

そのため、どうしても国力を高める前に戦闘力が必要とされていたのだ。

だからこそ、黒龍神のように、その時を身をもって知っている魔族の戦闘力は、今と比べて段違いに高かった。

「まあ僕の後も戦いはあったと思うし、そんな中でこうして国を発展させられたのは本当にすごいことだと思うよ。こうしてみると、僕は戦うことしかできなかったんだなぁってさ」

「それは違います！」

ルシウスの言葉に、レイヤは耐えきれず声を上げた。

すると他の魔王軍の面々も同じような表情でルシウスを見つめる。

「ルシウス様がいたから、今の私たちがいるんです！　ルシウス様がこの国を造ってくれたから……！」

「そ、そうです！　俺たちが安心して暮らせるようになったのも、その礎を築いたのは間違いなくルシウス様なんですよ！」

レイヤやゾルアの言葉に同調するように、力強く頷く魔王軍。

その姿にルシウスは微かに目を見開くと、優しく微笑《ほほえ》んだ。

「うん、そう言ってもらえると、当時頑張ったかいがあったよ」

改めて街並みを見渡したルシウスだったが、その瞬間、あることに気付いた。

「おや？」

「ルシウス様？　どうかしましたか？」

「うん、ちょっとね。ちょうどこの国の王様のことを話してたら……どうやら帰って来たみたいだ」

『え⁉』

サラッと告げられたその言葉に、魔王軍の面々は固まる。

それはつまり、ルーティアの父親である現魔王……ゼファルが帰還したことを意味していたからだ。

ルシウスはまるでいたずらっ子のような笑みを浮かべる。

「せっかくだし、挨拶に行こうかな？」

『⁉』

まさかの現魔王と初代魔王の邂逅《かいこう》の決定に、魔王軍はただ固まることしかできなかった。

◆◆◆

「君がルーティアちゃんのお父さんのゼファル君？　僕は初代魔王のルシウス・アルサーレ。よろしくね～」

「…………」

何とも軽い自己紹介をするルシウスに対し、ゼファルはまさに開いた口が塞がらなかった。

いきなり初代魔王を名乗る男が現れたこともそうだが、何よりその男が非常に軽薄だったからだ。

当然、現魔王として、初代魔王への尊敬を忘れたことのないゼファルからすると、ルシウスの軽さはとても信じられなかったのだ。

それに何より、初代魔王が生きてるということ自体が意味不明で、ゼファルの頭は混乱する。

そんなゼファルの様子に、魔王軍の面々は当然だと言わんばかりに頷いていた。

「お父さん。ルシウス様の言ってることは本当だよ。この方が、間違いなく初代魔王のルシウス様」

「……いやいやいや、信じられんだろう⁉　初代魔王様だぞ⁉」

魔王軍と同じく事情を知るルーティアが説明するも、やはり信じられないゼファルは激しく首を横に振った。

「余や黒龍神は実験や封印といった、生きた状態ではあるが、初代魔王は文字通り死んでいるのだぞ⁉　それがどうして……」

「まあ普通に考えれば僕が生きてることがおかしいのは当然なんだけど、誠一君のおかげだしなぁ」

「あ、なるほど」

ルシウスの口から誠一という言葉が出た瞬間、すぐさま考えることを放棄したゼファルは、納得した様子で頷いた。

あまりの変わり身の早さに、ルシウスは驚く。

「急に信じたね!?」

「いや、その……余が解放されたのもすべて誠一殿のおかげで……何よりその方法があまりにも想像の斜め上を軽く超えていたものですから……彼に関することは考えるだけ無駄だなと」

「あははははは！」

あまりの言い分に、ルシウスは耐えきれずに大笑いした。

もし誠一がこの場にいればすぐさまツッコみと否定をしただろうが、たとえ誠一がいたとしてもゼファルの意見は変わらないだろう。周囲の認識も。

「いやぁ、誠一君のおかげで細かい説明が省けたのはよかった！　ともかく、今の魔王に会えて僕も嬉しいよ」

「そ、そんな！　余……いや、私は今の魔王をさせていただいているゼファルと申します。こうして初代魔王であるルシウス様に会えるなんて……！」

「こんな奇跡が起きるのも、まさに誠一君のおかげだよねぇ」

「……はい。おかげ様で私もまた、こうして娘と過ごすことができます」

「お父さん……」

ルシウスはゼファルとルーティアの様子に満足げに頷く。

「うんうん、親子仲がいいのはいいことだ！」

「ありがとうございます。ところでその……ルシウス様がこうしているのであれば、魔王としての地位をルシウス様に返上したいと思うのですが……」

ゼファルがそう告げると、魔王軍やルーティアは目を見開く。

だが、それと同時に納得もしていた。

ルシウスはそれこそ初代魔王という、魔族の国を興した存在である。

そのうえ、力も強大であり、カリスマ性もあるとなっては、まさに国のトップに立つにふさわしかった。

ゼファルの言葉を聞いたルシウスは、首を横に振る。

「いいや、僕の役目は終わったよ」

「そんな！　見た目でいえば私より若いですし、ルシウス様以上の適任はいません！」

「ううん。確かに今の僕の姿は全盛期の頃だから、ゼファル君よりは若いさ。でもね、僕が一度死んだ存在であることは間違いないんだ。そして、僕が死んだあと、この国はちゃんと存続し、進んできた。そこにはもう、僕は必要じゃないんだよ」

「そんな……」

あからさまにがっかりとした様子を見せるゼファルに、ルシウスは苦笑いを浮かべた。

「まあせっかく生き返ったからには好きなことをしたいし、この国の何か力になれるようなことができればって考えてるからさ。それで我慢してよ」

「……いえ、私の方こそ、我がままを言ってすみませんでした」

魔王国のために尽力してきたルシウスには、自由を謳歌するだけの時間はなかった。

当然ゼファルも国を運営していく中で普通の人に比べ、自由の時間は少ない。

だが、ルシウスが経験してきたことは、それら以上に自由というものが存在しなかった。

そのことをルシウスの言葉で気付かされたゼファルは、つい気まずくなるも、ふとあることに気付く。

「あの、この国の力にということでしたが、こうしてこの場にいるということは、こちらに住まわれるのですか？　そうであれば、すぐにでも住居を手配いたしますが……」

「いや、今の僕はウィンブルグ王国のテルベールに住んでてね。しばらくはそこで生活するつもりだよ。ただ、ここに来たのは別の用事さ。まあこの国の力になるっていう点では間違ってないけどね」

「それはいったい？」

ゼファルの問いかけに、ルシウスは笑みを深めた。

「黒龍神の封印を解こうと思ってね」

「黒龍神をですか⁉」

魔王軍の最高戦力の一角である黒龍神を封印から解放するという言葉に、ゼファルは目を見開いた。

黒龍神は遥か昔の勇者たちの手により、ダンジョンに封印されていた。

その封印から解放するには、もう一度初代魔王と出会う必要があったのだが、それは不可能だったため、同時に黒龍神の封印も永遠に解けないはずだった。

――誠一が現れるまでは。

「誠一君のおかげで復活したし、何より彼の顔をもう一度見たいからさ。今から黒龍神のダンジョンに向かうつもりだ」

昔を懐かしむように遠い目をするルシウス。

そして、ルシウスとは別に、黒龍神と絆を深めていたゼファルは、黒龍神が求めてやまなかったルシウスとの再会を想像し、目に涙をためた。

「そうですか……ついに、黒龍神の封印が……黒龍神と再会できるんですね……！」

「……うん。僕は死ぬ時、彼らを残して逝くことがずっと心残りだった。だから、もう一度……彼と会ってくるよ」

そう宣言したルシウスは、そのままゼファルや魔王軍たちに別れを告げ、目的地である【黒龍神のダンジョン】へと向かっていくのだった。

MONSTER bunko

進《しん》化《か》の実《み》〜知《し》らないうちに勝《か》ち組《ぐみ》人《じん》生《せい》〜⑬

2021年10月3日　第1刷発行

著者　美《み》紅《く》

発行者　島野浩二

発行所　株式会社双葉社
〒162-8540
東京都新宿区東五軒町3-28
電話　03-5261-4818（営業）
　　　03-5261-4851（編集）
http://www.futabasha.co.jp
（双葉社の書籍・コミック・ムックが買えます）

印刷・製本所　三晃印刷株式会社

フォーマットデザイン　ムシカゴグラフィクス

ISBN978-4-575-75297-7　C0193
Printed in Japan

Mみ01-13

モンスター文庫
1
まるせい
チワワ丸
生贄《いけにえ》になった俺が、なぜか邪神を滅ぼしてしまった件
自ら幼馴染の身代わりに邪神への生贄となったエルト。邪神の攻撃を前に死を覚悟し、最期を迎える……はずだった。が、ユニークスキル『ストック』が発動し、気が付くと邪神を返り討ちにしていた。生還したエルトは幼馴染に無事を伝えるため、故郷の村へと旅立つことに。道中、森を歩いていると強力なモンスターに遭遇。戦闘を回避しようと考えたその時、モンスターの傍で気を失っている少女を発見し――生贄系主人公による王道成り上がりファンタジー開幕！
モンスター文庫